투명한 봄

투명한 봄

초판 1쇄 인쇄일 2022년 03월 11일
초판 1쇄 발행일 2022년 03월 28일

지은이 라케시스(Lachesis)
펴낸이 양옥매
디자인 표지혜 김영주
교　정 조준경

펴낸곳 도서출판 책과나무
출판등록 제2012-000376
주소 서울특별시 마포구 방울내로 79 이노빌딩 302호
대표전화 02.372.1537　**팩스** 02.372.1538
이메일 booknamu2007@naver.com
홈페이지 www.booknamu.com
ISBN 979-11-6752-129-3 (03810)

투명한 봄

LACHESIS

디스토피아
SF 장편소설

책과나무

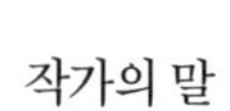

작가의 말

수백 년은 훌쩍 살아가는 바다거북이 죽어 간다는 기사를 본 적이 있다. 인간의 편리함을 위해 만들어진 물건들이 부주의로, 고의로 버려진 쓰레기가 되어 바다가 고통스러워한다는 내용이었다. 바닷속 생물들이 플라스틱과 쓰레기 속에서 헤엄치다 죽어 가고 있었다.

한 거북이의 배 속은 인간의 쓰레기로 가득했다. 폐그물, 플라스틱, 비닐, 작은 낚싯바늘 같은 휙 하고 버려진 쓰레기였다. 거북들에게는 얼마나 느리게 지나가는 시간이었을까. 얼마나 원망했을까.

사람이 없는 바닷가에서 플라스틱 커피컵을 마주하였다. 마음의 안정을 찾고자 도착한 바다였는데 바다와 마주할 수 없었다. 내 시선은 온통 쓰레기가 빼앗아갔다. 못 본 척 바닷가를 거닐다가 다시 돌아와서 주웠다. 내가 버린 것도 아닌데 괜히 바다에게 미안해지는 순간 어딘가 찡하니 울렸다.

그렇다고 해서 당장 환경운동가의 마음가짐을 가진 것은 아니다. 내가 당장 할 수 있는 행동만 하였다. 주위에 있는 쓰레기들을 집어서 쓰레기통에 넣는 것. 플라스틱 쓰레기들은 이 근처에서 살아가는 동식물들에게 큰 잘못을 저지르고 있었다. 그렇지만 집에 돌아와 그 바다는 너무 더러웠다는 정도로만 잠깐 떠올렸다. 그게 다였다. 다른 무언가가 필요했다.

어릴 적 외가에는 푸르른 산과 황금빛 벼 익는 논이 있었다. 따듯한 햇살과 파란 하늘 아래에서 "이게 뭔 줄 아나?" 하고 물어 주시는 외할아버지께서 계셨다. 어린 나는 씩씩하게 대답했고 "맞았다!" 하시는 그 답을 기다렸다. 맞춘 것이 신이 나 폴짝 뛰어다녔던 나의 모습은, 외할아버지의 걸음과 같이 흘러가는 구름은, 따뜻한 논밭의 풍경은. 이제 기억 속만 남아 있다.

청소년기를 훌쩍 지난 나의 삶은 흙보다 단단한 주위 환경 속에서 존재했다. 매우 편리하고 쉽게 녹지 않을 모습으로 남았다. 내가 살고 있는 서울은 외가에서 잠시 느끼는 그 풍경과 달랐다. 흙과 물을 보기 위하여 어딘가로 차를 타고 이동해야만 하는 완벽한 곳이다. 절대 쉽게 녹지 않을 단단한 것들로 이루어진 현재 우리의 아주 편안한 삶이다.

나는 작은 '벌레'를 만들어서 이 이야기 속 세상에 툭 하고 넣었다.

나의 어지러운 생각을 자신 있게 펼치도록 도와주신 모든 분들께 진심으로 감사하다는 말을 전한다.

목차

- 작가의 말

1장 살아남다(살아남은 '사람')

- 초인종 *10*
- 살아남은 '나' *18*
- 나의 잘못이 아니었다 *31*
- 소문 *37*
- 투명한 벌레의 이름 *58*
- 사람들의 관찰 일기 *83*
- 검색할 수 없는 뉴스 *101*
- 타는 목을 축이기 위하여 *126*
- 살아남은 시대 *166*

2장 누군가의 책임

- 풍경 너머 흐른 소리 *178*
- 어린이집 *184*
- 요양원 *196*
- 인형의 집 *208*
- 이기적인 행동 *237*

3장 남아야 할 것

- 책임이 필요한 순간 *256*
- 신문 *265*
- 식목일, 투명한 봄을 기다리며 *278*

1장

살아남다

(살아남은 '사람')

첫 번째.

초인종

2022년 02월 03일.

'찌그-덕'

초인종이 눌렸다.

초인종이 눌렸다?

초인종을 누를 만한 사람은 이 동네에 남아 있지 않다. 꿈속의 소리처럼 울렸다. 찌그-덕거리는 소리가 현관 틈으로 들려온다.

'말도 안 돼.'

영 깨끗한 소리는 나지 않는다. 현관 벨 안쪽에 녹이 슨

것 같다. 소리가 나지 않은 지 좀 되었을 것이다. 망가진 지 얼마나 되었는지 기억나지 않는다. 나를 찾는 사람이 없으니 벨을 눌러 줄 리 없었다.

잘못 들었는가 보다.

그럴 것이다.

나를 찾는 사람들 대부분이 목청을 높여 본인이 살아 있음을 알린다. 안에서 소리가 들릴 때까지 문을 두드렸다. 옆집 할아버지라면 문만 몇 번 두들기다가 "청년!" 하고 부르셨을 테다.

벨을 누르다니. 이건 사람이 분명하다. 귀를 기울였지만 복도도 집 안도 조용하다. 집 앞을 서성이는 발자국 소리만 오갈 뿐이다. 혹시 귀신이나 좀비 같은 장르가 내 앞에 펼쳐진 것인지 모른다. 심지어 아무 소리도 들리지 않는다. 제발 숨소리라도 들렸으면 좋겠다. 이 집은 방음이 안 되므로 충분히 들려야 정상이다.

살아 있냐는 물음조차 없다. 이해한다. 살아 있는 사람이 이 건물에도 몇 남지 않았기에. 나를 불러 주는 사람이 없어 내 이름조차 가물가물하다.

"휴, 이 집도 비었나 보네…."

분명 사람의 목소리이다. 와, 지화자 좋고. 사람이라니. 문 너머에서 들리는 한숨 소리. 내 귓가에 스치는 내 기억이 만들어 낸 환청이 아니다. 반갑다. 누군지 몰라도 우선 반갑다. 서성이는 발자국 소리가 몇 번 더 들리더니 이내, 한숨을 내뱉으며 지나쳐 가는 것 같다. 한숨소리는 고개를 돌려 내 집에서 멀어진다.

아쉽다. 몇 주 만에 들은 사람의 목소리가 이렇게 지나간다. 이렇게 지나가면, 다시 올까? 순간 아쉬움이 느껴졌다.

거실에 쪼그리고 있던 몸을 일으켜 현관으로 달려간다. 잠시의 망설임이 후회되는 시간이다. 발에 무언가 밟혀 짓이겨졌다. 미끌하고 넘어질 뻔하였지만 그것은 중요하지 않다. 지금 당장 저 목소리의 주인이 이곳을 지나쳐 버리지 않게 잡아야 한다. 앙상한 내 손끝으로 현관 문고리를 잡고 돌린다. 잠기지도 않았던 문이 요란한 소리를 내며 열린다.

목소리를 내어 여기 있다는 것을 먼저 알릴걸 그랬다는

생각이 이제야 든다. 스무 살 무렵 첫사랑에게 수줍은 인사를 건네기 전만큼 두근거리는 순간이다.

"여… 여기! 여기 있습니다!"

숨을 먼저 내쉬어야 하는지, 목소리를 먼저 내밀어야 하는지. 무엇도 뱉지 못하고 꼬였다. 나를 발견한 그의 표정은 내가 짓는 표정과 같을 것이다. 알 수 있다. 이게 느낌이다.

그래, 이게 느낌이다. 나는 살아 있다. 목소리를 냈다. 목구멍 안쪽 어딘가가 쩌억 갈라지는 느낌이 든다. 비릿한 피 맛도 난다.

그래, 나는 살아 있었다.

맞다. 사람과 마주하였을 때의 그 간질간질함! 이 문 너머에 서 있는 그의 표정을 상상할 수 있다. 감정도 그대로다. 그는 내가 어떻게 살아남았나 싶으면서도 사람을 보았다는 기쁨에 나와 같은 표정을 짓고 있을 것이다.

나는 그가 사람이라는 사실에 기쁘기만 할 뿐, 이 사람이 누구인지는 중요하지 않다. 문을 열자 마주한 상대도 살아 있었다. 저 사람이다. 저 사람에겐 표정이 있다. 상대의 다음 표정 정도는 예상할 수 있다.

나와 같은 심장을 달고 있는 서로를 이해할 수 있는 생명체라는 사실만으로도 날 이렇게 들뜨게 한다.

현관문을 열고 사람의 숨소리를 가까이서 느낀 순간, 우리라는 이름으로 불러 볼 수 있다. 우리는 눈빛으로 얼싸안았고 다행이라는 그 감정을 듬뿍 녹여 숨 쉬었다. 짧은 순간이지만 영화의 가장 중요한 장면에 슬로모션을 적용한 것처럼 우리는 서로의 눈에 서로를 담았다.

이 문장을 사랑하는 이에게만 붙일 수 있는 표현인 줄 알던 과거의 나에게 '어휴, 넌 아직 어려서 뭘 잘 모른 거란다.'라고 말해 주어도 될 것이다. 이런 복합적인 감정을 느껴 볼 거라고 생각하지도 못했으니까. 벅차오르는 이 마음이 뒤섞인 감정을 말이다.

"다행입니다."

그가 먼저 말을 꺼낸다. 사람을 발견한 애틋한 표정이 아닌 업무적인 표정과 으레 하는 인사말로 자신을 소개했다.

나는 문을 열기 전부터 그를 향해 달려갔다. 그저 그런 인사말조차도 감동적이었다. 그가 아니었다면, 정말 미쳐 버렸을 것이다. 나를 찾는 사람이 없다는 것을 깨닫는 중이었으니까. 그를 껴안아 버릴 뻔한 나를 가까스로 진정시켜 본다.

그의 눈을 마주하며 숨을 멈췄다. 내민 손을 보고 가까스로 침을 삼켰다. 환영이 아니라는 것만으로도 큰 위안이라는 사실을 저 사람이 몰랐으면 좋겠다. 악수를 나누었다. 맞닿는 손에 온기가 느껴졌다. 사람이 그리웠었다. 나를 찾는 사람이 너무나도 그리웠다. 휴대폰이 되던 그 시절에는 간단한 메시지로, 몇 초 걸리지도 않는 전화로 너무나도 쉽게 사람을 만났었다.

그는 품에서 명함을 꺼내 내게 내민다. 휴대폰 번호와 주소는 적혀 있지 않다. 두 줄이 고작이었다. 명함지로 쓰이는 고급 종이가 아닌 흔하디흔한 얇은 인쇄 용지다. 거기에 연한 스탬프 잉크 같은 것으로 찍힌 문구가 있다.

[당신의 이야기를 듣고 싶습니다. -기자 김중석]

예전이라면, 누군지도 모르는 사람에게 문을 열었을 리 없다. 우리라는 생각 자체를 갖지 않았을 것이다. 지금 예전과 얼마나 달라졌는지 비교하지 않는다면, 이성을 잃고 감성에 젖어 그를 껴안고 울부짖을 내 모습이 이 앞에 펼쳐졌을 것이다. 휴대폰이 되던 그 시절. '벌레'와의 전쟁이 일어나기 전. 그때를 그리워할 수밖에 없다.

이런 생각들에 휩싸여 머릿속의 나와 이야기 중이던 순간, 그는 나보다 먼저 생존자에 대한 환희를 거두고 내게 말을 건넸다. 지극히 업무적인 인사말조차 내게는 감동이 되어 밀려온다.

그의 질문에 고개를 끄덕였다. 잠시 들어가서 이야기해도 되겠느냐는 물음이었다. 품에서 꺼낸 작은 빗자루로 머리부터 발끝까지 쓸어 복도에 털어 버렸다. 문을 닫고도 한참 문틈과 바닥을 살피더니 나의 손짓에 따라 안으로 들어왔다.

그의 직업은 기자. 기자가 날 찾아 주었다.

그가 말하길, 살아 있는 사람들의 이야기를 모아 마지막 뉴스를 만드는 중이라고 한다. 자신의 숙명은 여러 사람들의 말을 모아 후대에 알리는 것이라고 한다. 이 이야기를 내게 쏟아 내는 그의 눈은 빛났고 한없이 큰사람 같았다. 그동안 잊고 지냈던 나라는 작고 하찮은 존재에 대한 자책이 방구석에 쌓인 먼지 틈에서 스멀스멀 기어 나와 그와 나를 비교하였다. 내가 하찮은 존재였다는 사실이 기억나 버렸다. 발에 묻은 미끈거리는 무언가보다도 더욱.

두 번째.

살아남은 '나'

2022년 02월 04일.

"당신의 이야기를 듣고 싶습니다."

명함에 쓰인 문구는 그의 목소리가 되어 귓가에 남는다. 그는 이 명함의 문구를 읽지 않았다. 내 귓가에 남은 그 목소리는 허상이다. 나는 그 허상을 붙들고 되뇐다. 감탄했다. 처음 만났으나 오랜 시간 알고 지낸 친구와의 상봉만큼이나 반가웠던 그. 그가 돌아가고 밤새 다행이라 나를 다독이며 온전히 오늘을 되뇌었다.

내 모습은 마치 사랑 고백을 받은 모양새였다. 고백을

하겠다 다짐했지만 우물쭈물하던 사이 상대방이 먼저 사랑 고백을 해 온 딱 그 모양새였다. 입꼬리가 실실 올라갔다. 세상에서 가장 중요한 사람이 된 기분이다. 영웅이 되어 주시겠냐는 멘트로 프러포즈를 받은 기분이다. 그와 나눈 몇 마디가 내 인생의 가장 큰 빛으로 다가왔다.

이 기분을 오래 간직하고 싶다. 지금 이 감정으로 한나절, 아니 한 시간만이라도 보내고 싶다. 나는 살아 있고, 중요한 사람이 되었다. 행복이 이런 것이구나를 느끼며 잠이 들었다.

여느 때와는 다르게 누군가에게 쫓기지도, 불안하지도 않았다. 하늘을 나는 꿈이었다. 사람들과 함께 용이나 악마 따위의 악한 존재라고 여겨지던 것을 물리치고 마을 사람들에게 인정받는 그런 꿈이었다.

날이 밝고 정신을 차렸을 땐, 허무한 공기가 방 안을 기웃거렸다. 나는 꿈속의 '나'만큼 위대하지도, 용감하지도 않았다. 그저 현실을 받아들이고 모험하지 않는 퍽 보통의 사람이었다. 그런 나의 평범하고도 아늑했던 삶이 무너진

지가 벌써 일 년이 넘었다.

플라스틱 컵 위로 투명하고 동그란 것이 지나간 자리에는 아무것도 남지 않았었다. 모두 '그것'들의 먹이가 되었다. 그것들은 불에도, 물에도 죽지 않았다. '그것'들이 먹어 치운 도시는 회색의 콘크리트만 남았다.

플라스틱의 원료인 석유는 입에도 대지 않는 녀석들은 가공된 플라스틱을 먹어 치웠다. 전선의 피복과 컴퓨터까지 먹어 치우자, 합선과 누수로 인한 화재로 복구되지 못했다. 휴대폰이 되지 않은 지도 한참이다. 직장도 삶도 플라스틱을 먹어 치우는 '저것'들에게 모두 빼앗겼다. 가로등이 빛을 잃은 도시에는 어둠이 내려앉았다.

단순하게 내가 사는 동네에만 이런 일이 일어난 것이 아니었다. 휴대폰이 되었던 게 벌써 수개월 전이다. '그것'들의 정보를 휴대폰으로 볼 수 있었을 때가 있었다. 신기하다는 생각에 휴대폰을 들여다볼 때, 이미 전 세계 각지에서 동일한 생김새와 식성을 가진 것들이 출몰했다는 뉴스가 떴었다. 우리의 삶이 야금야금 빼앗겨 가도 아무렇지 않게 '오, 이런 일이 있네?' 하던 그때가 있었다.

공생의 방법을 고민하는 사람도, 인간의 편리한 삶을 되찾아오기 위해 '저것'들을 죽여 보려 노력하는 사람들도 있었다.

누군가의 책임이 필요했다. 사람들은 손가락질하고 수군거릴 수 있는 무언가를 원했다. 불안한 그 마음을 진정시키고 탓을 할 수 있는 대상을 필요로 했다. 누군가는 책임지고 나서서 이 사태의 돌팔매질을 당할 허수아비가 되었으면 했다. 아무것도 하지 않고서 입으로는 영웅을 기다렸다. 자신들이 추구하는 편리함에 망가져 버린 자연을 앞에 두고 하는 하찮고도 이기적인 모습이었다.

사람의 그 수많은 모습 중에 한 방울, 이기적인 모습을 추가한 데는 모두 이유가 있을 것이다. 그 이유를 우리는 알지 못한다. 그저, 그렇게 만들어졌기에 너무나도 당연하게 시작되었고 착하게 살아 보겠다고 다짐할 뿐이다. 자신을 착하게 두기 위하여, 자기 자신의 잘못을 정당화시키는 노력을 한다. 그 노력은 자신보다 약한 사람의 탓으로 돌리는 것이다. 자기합리화를 위한 강약 조절의 대표적인 모습. 디스토피아는 바로 이곳이었나 보다.

그렇게 순응해 가던 날들이다. 세상은 모두에게 공평하게 흘러갔다. 당연하게도 서로를 향해 '그래, 너의 잘못보다 다른 무엇의 잘못 때문에 벌어진 일이야.'를 끄덕였다. 그 손가락질의 대상은 너무나도 연약했다. 그 대상은 그저 자기 잘못을 빠르게 순응한 사람들이었다.

그가 찾아왔다. 그는 '그것'만큼이나 빠르게 나에게 중요한 사람이 되었다. 예전이면 고작 나라는 사람에게 기자가 무엇을 물으러 올 일이 있겠는가. 아마도 평범한 일상이었다면, 살인 사건을 목격한 게 아니고서야 나에게 말을 걸어 주실 리가 없을 것이다. 나는 그저 사람의 온기를 그리워만 하며 말라 가는 그런 존재였었나 보다.

무엇이라도 된 것 같은 기분이다. 내가 여태껏 '고작 이런 사람'으로 살아왔던 이유가 바로 지금을 위해서가 아니었을까. 사실 다른 사람들처럼 죽을 용기가 없었던 것뿐이지만 그것 또한 이유가 있던 것이 아니었을까.

내가 이런 고귀한 행동에 동참해도 되는 것일까 하는 생각은, 잊고 있던 자아를 끄집어냈다. 남들과 비교하며 자꾸만 나를 깎아내리는 것도 모자라 불안하고 초조한 평범한 모습이었다. 예전의 내 모습은 그랬다. 물론 지금도. 남들의 모습은 위대해 보이고, 나의 모습은 회사의 부품, 노예 뭐 그 정도일 것이라 생각하던 아주 하찮기만 한 존재. 언제든 잊힐 수 있는, 자신감도 자존감도 모두 낮은 그런 사람.

'고작' 벌레라고 불리는 저 벌레조차 나보다 인기가 좋고 유명하며 그래도 제 삶을 온전히 살아가는 것이라고 생각하는 게 바로 나의 모습이었다. 나는 '나'에 대하여 너무나도 잘 알고 있기 때문에 계속 생각만 하고 있을 뿐이다. 그와 나눈 이야기들에 모두 의미를 부여해 가며 '나'라는 존재가 그동안 얼마나 가볍고도 가벼운 존재였는지를 되짚어 보았다.

그렇지만 다르다. 지금은 상황이 바뀌었다. 잘났다고 하던 사람들 대부분 서로의 탓과 함께 사라졌다.

집단자살.

총성 없는 전쟁터였다. 괴로움에 잠식된 사람들에 대한

소문은 창문을 넘었다.

내가 이 순간에도 이리 재고 저리 재고 오만 생각으로 나 자신을 깎아 갈 때, 그 덕분에 나는 살아남은 것이라고 위로하고 격려한다. 저 기자님께 내 이야기를 들려드린다면, 평범한 사람 중에서도 이름을 남기는 사람이 될지도 모른다. 그나마 평범한 사람 중에서 나은 사람이 될지도 모른다.

모른다. 모른다. 나는 아무것도 알지 못한다. 그래. 나는 매우 작은 한 줄만이라도 저 기자님의 손을 빌려 남겨야겠다. 나라는 존재도 이런 역사에 남을 일을 하였다고 말이다.

기자님이 다시 오시면 이야기할 내용을 생각하다가 그 '벌레'를 보면서 '저게 뭐지?' 하고 생각만 하던 그날이 떠올랐다. 괜한 자책으로 남은 날이었다. 내 시선이 머물렀던 순간의 기억을 지우고 싶다. 알면서 행동하지 않은 고작 그 순간이 내 속마음 중 착한 녀석들로부터 어마어마한 질타를 받았다. 그 시간이 지워진다면 쓸데없는 죄책감에서 조금 멀어질 수 있을 텐데.

간단했다. 보자마자 '어? 이건 잘못된 거야.' 하고 주워서 쓰레기통에 넣기만 하면 되는 아주 간단한 일이었다. 그렇지만 버린 사람이 잘못이지, 버려져 있는 것을 발견한 내 잘못은 아니지 않나. '이게 내 잘못은 아니잖아!' 하고 우겨대는 마음속 녀석들은 지독히도 떠들어 댔다. 괜히 가슴을 툭툭 쳐 속마음을 소화시켜 버린다.

그런 생각을 하는 사이에 행동했다면 좋았을 것이다. 떠오르는 죄책감이라도 지울 수 있도록, 기억 속의 단 10초가 지워진다면 얼마나 좋을까. 멍청하게도 의자에서 엉덩이를 뗄 생각은 하지 않았다. 버려진 쓰레기를 주워서 쓰레기통에 넣는 아주 간단하고도 아주 짧은 그 시간. 하지만, 생각만 하고 말아 버린다. 지금이라도 가서 주워다가 쓰레기통에 넣을 수 있다. 그럴 생각조차 하지 않은 그 10초를 잊기라도 한다면, 마음의 짐이라도 조금 덜어 낼 수 있었을 텐데.

기억 속의 푸르른 하늘은 점차 빛을 잃었다. 이러한 갑갑한 시국이 하루를 지나고 일주일, 한 달, 일 년을 넘게 '금방 끝나겠지' 하고 기다렸다. 이렇게 지내다가는 발아래의 갑갑하기만 한 시멘트 바닥과 눈앞의 하늘이 같아질 것 같다. 푸르른 잔디에 누워 바라보던 빛나는 하늘을 볼 수 없을 것이다. 오늘 본 하늘이 앞으로의 삶 중의 가장 밝고 깨끗한 하늘이지 않을까.

돌아가지 못할 것이라는 두려움은 점차 확신으로 밀려왔다. 작금의 시대는 어리석은 색상에 갇혀 갔다. 하늘을 잃었고 삶을 잃었다. 한밤중에도 빛나던 길을 잃었다.

환하게 비추던 가로등이 모두 사라지고 깜깜한 어둠만 남았어도, 동네 사람들이 하나둘 미쳐 가다 사라져도, 나는 살아남았다. 내 속마음이 서로를 헐뜯으며 싸워 대도 나는 조용히 누워 있을 수 있었다. 익숙했던 주위 환경과 상황들은 점점 빠르게 사라졌다.

Accelerando [점점 빠르게].

나와, 나와 같이 살아가는 모든 사람들은 행복하고 편리하게 살아왔다. 아주 잔잔한 배경음이 깔려야 할 것 같은 상황들이었다. 언젠가 다시 만나는 것들에게 '안녕, 반가워.'라고 손 흔들며 눈짓을 할 수 있을 만큼의 평안이었다. 그것은 당연한 것이었다. 편리함을 위한 모두의 노력이 있었다. 그동안 쌓아 온 모든 환경은 [점점 빠르게] 정확하게 사라졌다. 상하수도가 끊기고 전기가 사라졌으며 휴대폰이 되지 않았다.

다음 세대들 또한 행복하고 편리하게 살아갈 모든 환경이었다. 좀 더 편리한 세상을 만들기 위한 여러 사람들의 노력이 모두 묻어났었다. 다만, 걱정할 것이 많아지고 조심해야 할 것이 늘어난 것뿐이지만 말이다. 나의 입장에서만 보아도 이 시멘트 바닥도, 손마다 들린 플라스틱 컵도 그저 당연한 것이기에 굳이 벗어날 생각을 할 필요가 없었다. 사서 고생할 필요가 없었다. 편안한 삶을 추구하기 위한 피땀 어린 노력이었으니.

이젠 과거가 되었다. 그 모든 편안하고 편리하던 모습이 처참하게 시들어 갔다. 전기가 끊긴 동네의 길거리는 엉망이었다. 사람들의 폭주로 전봇대도, 건물들도 쓰러지거나 망가져 있었다.

내가 할 수 있는 이야기는, 편안하게 살아오던 이 세상을 망쳐 버린 '벌레'를 만난 나의 이야기와, 이미 사라져 버린 내 동네 사람들의 이야기이다.

내가 전하려는 이 이야기는, 어쩌다 나에게까지 물어 주신 기자분께 '벌레'로 인해 나와 내 주위의 사람들이 겪은 것들을 전하는 것이다. 편안하게 살아오던 우리의 인생이 망쳐져 버린 이야기를 말이다. 나의 편리하고 당연했던 삶이, 내 주위의 사람들이 어떻게 무너졌는지를 남겨 두는 거다.

내가 기억하는 것들을 흩어 놓고 나서 나름대로 정리해 두고, 수일이 지나 먹을 것과 이야기를 교환하기로 하였다. 저 기자님께서 내 장황한 이야기를 추리고 추려 몇 줄의 문장으로 남겨 주실 것이다. 기자님께 전할 말을 정리하기에 앞서 내가 보고 들은 기억들과 내 생각, 내 느낌 이런 것들을 쏟아 내어 본다.

국민의 알 권리를 충족시키고, 진실을 알릴 의무를 가진 언론의 최일선 핵심 존재로서 공정 보도를 실천할 사명을 띠었다는 직업, 기자. 그 직업을 가진 사람과 직접 만나 본 것이 처음이라 얼떨떨한 감정과 고작 나라는 사람에게 이렇게 물어봐 준다는 것에 감사한 감정이 교차했다.

김종석 기자가 떠나기 전, 나에게 현시대의 신문이라며 인쇄지 한 장을 내밀었다. 잉크 카트리지가 스쳐 간 흔적은 없다. 1900년대라도 된 것처럼 손수 손 글씨로 만든 기사를 펼쳤다. 인쇄기도 잉크 카트리지도 '벌레'의 먹이가 되어 버렸기 때문일 것이다. '플라스틱'이라는 이유로.

시대적 소명을 기꺼이 안아 든 그들인가 보다. 막중한 책임과 사명을 깊이 가진 그들은 자신들의 고생으로 역사의 한 줄을 남기는 행동이라 하였다. 그들이 남길 글을 위하여 내가 보고 들은 것을 정리한다. 그들로 하여금 내 이름은 아니더라도 내 발자취 한구석 정도는 함께 남길 수 있겠지.

나의 편리하고 당연했던 삶이 어떻게 무너졌는지를 남겨 두고 싶어졌다. 나만의 삶이 아닌, 내가 보고 들은 이야기들을, 우리의 삶이 어떻게 무너졌는지를 말이다. 내가 전하는 이 이야기가 참고 자료 정도는 될 것이다.

집구석의 종이 더미를 뒤져 몽당연필 몇 자루를 찾았다.

오래되어 오래전에 기록한 글씨는 보이지도 않는 종이 꾸러미들도 찾았다. 적어 보자. 그래, 너무나도 오랜만에 생긴 기회에 최선을 다해 보기로 한다.

'나'의 이야기. 나의 세상은 무너졌고, 고작 '나'라는 사람은 살아남은 사람 중 하나에 꼽혔다. 살았다. '나'는 살아남았다.

'살았다.'로 이 이야기가 시작되는 것이 좋겠다. 이 이야기는 살아남았기 때문에 남겨진 이야기인 것으로 하려 한다. 그냥 어쩌다 운 좋게 살아남아 버린 한 사람의 이야기이다. 기자님의 말씀처럼 나의 이야기를 남기겠다.

살아남았다는 사실에 이토록 행복하지 않은 이유. 다 '벌레'와의 만남 때문이다. 작년이었다. 고작 1년 남짓한 그 시간. 그사이 내가 살고 있던 모든 세상이 바뀌었다. 황사에 마스크를 쓰고 다니던 것은 단지 시작에 불과했다. 모든 편안함을 잃었다. 그 시작에 대하여 되짚어 본다.

세 번째.

나의 잘못이 아니었다

2021년 02월 28일.

일주일의 휴가이지만 할 일이라고는 먹고 자고 일어나서 게임을 하다가 공원 산책하는 정도가 전부인 날이었다. 나에겐 너무나도 평범하고 행복한 시간이지만 아무 생산성도 없고 살아만 있는 날이었다.

산책 나간 공원은 꽤나 깔끔하게 바뀌어 버린 (구)뒷산이었다. 가까스로 얻은 휴가라는 사실이 그저 만족스럽지만 어디 갈 곳도 없기 때문에 집 앞만 서성였다. 있지도 않은 눈곱을 대충 떼는 시늉을 하고 머리를 벅벅 긁어 보다가 산책을 핑계로 서성이던 자리를 벗어났다. 갈 곳이 정해지지 않았지만 걷기 시작했다.

발걸음은 익숙한 곳으로 향했다. ㈷뒷산의 아무 벤치에 나 털썩 주저앉아 멍하니 아무 데나 시선을 고정하러 가는 것이다. 반복되는 나의 일과였다.

이 공원을 관리해 주시는 분들 덕분에 매일 쓰레기는 치워져 있었다. 하지만 버리는 속도도 만만치 않았다. 매일 마주하는 쓰레기가 달라지는 이유였다. 오늘은 페트병, 내일은 아이스크림 포장지. 뭐 이런 갖가지 플라스틱이나 비닐 포장재들이 늘 바뀌어 널려 있었다.

공원 입구에도 중간에도 쓰레기통이 있지만, 누군가의 눈에는 저 쓰레기통 표시 자체가 투명이라 당최 보이지 않는가 보다. 역시 21세기의 기술력이란. 나처럼 별 볼 일 없는 사람에게만 보이는 그런 종류의 쓰레기가 별도로 있는 것일까 싶을 만큼 쓰레기는 뒹굴고 있었다. 할 일도 없고, 한숨이나 돌릴 겸 산책 나와 앉은 벤치 건너편에는 아니나 다를까 페트병, 플라스틱 커피 컵이 널려 있었다.

날은 꽤 흐렸다. 이런 생각이 이어지는 시간에 게임하러

PC방을 갈걸 그랬나 싶다. 바람 한 점 없는 푸근한 날씨이지만 미세먼지투성인지라 지나가는 사람들의 얼굴에는 온통 하얀 마스크가 장착되어 있었다. 무슨 게임의 필수 템도 아니고 하나같이 마스크이다. 간혹 검정이나 분홍색의 캐시 템도 보였다. 현질을 어마어마하게 한 게 분명하다. 뭐 이런 보잘것없는 생각들을 하다가 문득, 유명 아이돌의 패션 유행 아이템 정도였다면 좋겠다는 생각이 들었다. 저 마스크가 신체의 일부나 다름없어졌다는 게 서러워졌다.

사람들의 대응은 그래 미세먼지가 왔구나 하고 제 입을 가리기 급급하다는 것이었다. 물론 나도 그들 중 하나이다. 원인을 찾아서 해결해야 하는 것은 그저 정부 각 부처의 몫이지 세금을 내며 살아가는 내가 할 일이 아니다. 아무것도 하지 않는 나를 탓하기보다는 어쩔 수 없는 현실이라는 생각이 더 크게 다가왔다.

이런저런 영양가 없는 생각들을 하다 보니 플라스틱 컵 하나가 굴러와 발길에 채였다. 바람은 불지 않았다. 주변에 사람도 없다. 반쯤 녹은 건지 잘린 건지 이상하게 삭아버린 플라스틱 컵이다. 그냥 두고 집으로 향했다. 잠깐 저

걸 쓰레기통에 가져다 버릴걸 그랬나 하는 생각은 들었다. 그렇지만 그건 잠깐 스친 생각일 뿐. 내가 버린 쓰레기도 아니니 잘못한 것은 내가 아니지 않은가. 누구도 날 탓할 순 없을 거야 하는 자기 위안만 남았다.

2021년 3월 1일 월요일.

다음 날도 같은 자리로 향했다. 첫사랑은 매일 가던 어느 장소에서 우연히 만나게 되었고 눈길이 가서…. 딱 이런 스토리다.

그런데 이게 이성도 아니고 하필 벌레를 만난 것이다. 전날 주워 버리지 않았던 플라스틱 컵은 이미 기억 속에서 잊힌 후였다.

늘 가던 공원 위 벤치에 앉아서 오가는 새나 바라보려던 차에 플라스틱이 사라져 가는 기괴한 모습을 넋을 잃고 보았다. 플라스틱 컵에 달라붙어 야금야금 소리조차 내지 않고 잘도 먹고 있는 '저것'에게 시선을 빼앗겨 버렸다. '저것'이 열심히도 먹고 있는 플라스틱은 누군가 맛나게도 마신 음료일 것이다. 상추나 배추쯤 되어 보일 만큼 맛나게도 씹는다.

내 시력이 좋으니 이것도 보이는 것이지 어지간해선 보이지도 않겠다. 자갈보다도 작아 보이는 게 잘도 먹는다. 녹여 먹는 건지 씹어 먹는 것인지 사실 알 길이 없지만 한가로운 나에게는 시간 죽이기 좋은 볼거리였다. 마주친 '벌레'는 작고 귀여웠다. 오동통하긴 한데 반투명에 가까운 꿈지럭거리는 '저것'이 플라스틱을 갉아 먹고 있다는 것에 놀라지 않았다. 그냥 먹이를 잘도 먹는다는 생각이 들었다.

동그란 몸을 굴려 가며 페트병에 붙어서는 손도 없는 게 자기는 움직이지도 않고 페트병을 살짝씩 굴려 잘도 먹고 있는 광경이 그 얼마나 신기한 일인가.

'저게 발이 있는 것이겠지?'

몇 년 전만 해도 난생처음 보는 벌레가 보이면 어휴, 징그러워 하고 밟고 지나갔을 테지만 말이다. 어차피 삶의 의욕도 떨어져 가는 직장의 노예일 뿐인 내게 눈요깃거리라도 생긴 것이니 얼마나 좋은가.

그냥 바라봤다. 이 쌀쌀한 봄에 얼마나 먹을 게 없으면 플라스틱을 뜯어 먹을까 싶었다. 쓰레기를 통째로 주워다 버려야겠다거나 그런 생각은 일절 들지 않았다. 공원 벤치와 나의 엉덩이는 이미 녹아 한 몸이 되었다. 눈앞에서 플라스틱 컵뿐 아니라 페트병이 사라지는 광경을 보면서도 그다지 놀라지 않았다. 햇빛과 만나 걸쭉한 무언가가 되어버린 나는 저것들을 바라보는 것만 집중하기 바빴다.

집으로 돌아가는 길에서야 '아, 근데 저 벌레는 뭐였지?' 하는 생각 정도였다.

네 번째.

소문

2021년 03월 02일.

공원의 같은 자리에서 벌레들을 바라봤다. 동네 사람들의 눈길이 느껴진다. 동네 사람들은 저마다의 주제를 꺼내며 이야기를 나누었다. 그 자리에서는 사람들이 이야기를 나누면서 이것저것 먹고 있었다. 샌드위치와 커피가 예쁘게 포장되었던 흔적들이 함께 있었다. 샌드위치를 감싸던 종이, 스티커, 플라스틱 커피 컵, 뚜껑, 빨대. 제각기 예쁜 색을 뽐내며 잔디 위에 널브러졌다.

그들은 잔디를 짓밟고 서서 이야기했다. 그들 뒤로 펼쳐진 아파트들이 든든하게 지켜 주었다. 얼마나 편리한 삶인

가. 그 편리하고 안락한 삶을 누리는 사람들은 주변 사람들에 대한 이야기로 웃음꽃을 피웠다. 그들의 행복을 달갑게 보는 동물도 사람도 없었다.

최대한 신경 쓰지 않기로 했다. 보기보다 낯을 많이 가리는 나에게 말만 걸지 않으신다면 문제없다.

벌레 녀석들. 그날은 저 생명체가 무엇인 줄도 모르고 그냥 보고만 있었다. 신기했다. 꾸역꾸역 먹어 대는 모습이 꽤 귀여워 보이기까지 했다.

그 벌레도 생명인지라 그날 최초의 탄생이 되어 "여기 있어요. 짠!" 하고 나타난 것은 아닐 것이다. 날짜를 기억하는 내가 기특하다. 내가 모르는 순간들에 많은 동네에서 이미 발견된 생명체이길 바랐다. 굳이 내가 최초가 될 필요가 없는 부분이다. 어디엔가 뿌려져 사람들의 관심을 샀을 것이다. 이 동네에서만 처음 발견되고 그것도 영향력이란 게 전혀 없는 내가 발견했다는 것은 누군가의 일기에도 남지 않을 것이다.

그러니 내가 죄책감을 느낄 필요는 없어야 한다. 알고도 지나간 나쁜 사람이 될 필요는 없다. 내가 만들어 낸 쓰레기도, 내가 찾아다 가져온 생명체도 아니다. 따지고 보면 내가 한 잘못이랄 게 없다. 자꾸만 떠오르는 그 투명한 빛깔은 마치 누군가의 눈물 같았다. 최대한 빨리 다른 생각을 해서 잊어야 했다. 스쳐 지나가야만 했다.

플라스틱 먹는 벌레라고 검색해 보면 외국의 모 대학교에서 거저리라고 불리는 흑갈색 딱정벌레의 유충이 플라스틱을 먹이 삼을 수 있다는 것을 알아냈다고 하는 글이 있다. 애벌레들이 죄다 회색을 살짝 띠었다. 징그럽게도 생겼다. 내가 마주한 저 벌레와는 외양이 딴판이었다.

사람이 먹어도 되고 새가 먹어도 된다는데 플라스틱류를 먹은 거저리를 사람이 먹으면 내가 플라스틱을 먹는 것이 아니냐는 의견들도 있었다. 모두 분해가 되었다고 하더라도 먹이사슬 자체가 아이러니해지는 거라고 한다. 사람이 먹다 남긴 음식물 쓰레기로 가공한 사료를 먹은 돼지를 사람이 먹는 그 사슬이랑 뭐가 다른지 잘 모르겠지만 말이다. 내가 과학이고 화학이고 생물이고 아는 게 없어서 그렇게 생각하는 것일 수 있다.

차라리 똑똑한 박사들이 모여서 발견하거나 만들어 낸 그런 벌레라면 그 벌레를 퇴치할 방법도 금방 나오지 않을까? 그런 생각은 했었다. 소문이 그랬다. 오죽 답답했으면 그런 소문이 돌았을까. 서로 확실하게 아는 것이 없으니 말만 보탤 뿐이었다. 이러지 않을까, 저러지 않을까. 확실한 건 저 징그러운 누리끼리한 갈색의 거저리와 내가 만난 투명한 벌레는 아예 다른 모양새라는 것이다.

내가 본 벌레는 너무나도 작고 동그랗고 투명에 가까웠다. 사실 아주 조금씩 움직이면서 플라스틱을 먹어 치우는 것을 직접 보지 않았다면, 나도 벌레라고 의심조차 하지 않았을 것이다. 플라스틱을 먹을수록 투명해진다. 꼭 귀신을 본 것 같은 기분이었다. 그저 동네 공원에서 말이다.

진화에 진화를 거듭한 생명체라면 그럴 수 있을지 모른다. 이게 그 검색 결과에 나온 벌레의 사돈에 팔촌, 건너건너 정말 자연적으로 진화하여 새로운 생명체로 태어난 것은 아닐까 하는 무서운 상상을 해 본다. 꽤나 무서운 생명체로 남지 않을까. 해충도 익충도 아닌 그 애매한 경계선을 가질 수 있지 않을까.

인간의 진화를 본 다른 생명체들도 비슷한 생각을 해 왔을까. 진화에 진화를 거듭한 생명체로 자연에게 공포와 두려움의 대상이었을까.

인류에 대한 분류 중 선행 인류라 일컫는 500만 년 전에서 50만 년 전으로 추정되는 오스트랄로피테쿠스. 그로부터 현생의 우리는 얼마나 발전된 인류가 되었는가. 거듭된 진화로 현재 우리는 현생 인류라 명명되며 현생 인류의 시대를 살아가고 있다. 중·고등학생 때 배우는 과학이나 생물, 역사 교과서에서 확인할 수 있던 내용이다.

현생 인류인 호모 사피엔스Homo sapiens의 시작을 정확히 알 수는 없지만 가장 오래된 화석으로 추정할 수 있다고 한다. 약 13만 년 전에 아프리카에 살았던 사람의 화석이라는 설이 가장 유력하다는 글을 보았다.

인류가 거듭된 진화를 거쳐 온 것처럼 '저것' 또한 어떠한 진화를 거쳐 지금의 생존 방식을 선택하게 되었지 않았나 하는 의견들이 있다. 그리고 '저것'의 생존 방식에 지대한 영향을 끼친 것은 다름 아닌 약 14만 년째 진화하지 못하고 있는 현생 인류, 우리 자신들일 것이다.

밀려오는 생각들은 내가 지금 있는 곳이 어딘지 기억나지 않게 해 주었다. 나와의 대화를 이어 가다 보면 주변의 소리는 들리지 않는다. 아주 희미하게 웅성거림이 느껴졌다. 웅성거리던 소리에서 목소리가 하나둘 귓가에 들리기 시작했다. 가까이 맴돌았다.

다른 사람들의 입에서 '벌레'는 단 한 번도 나오지 않았다. 나의 모습에 관한 여러 이야기만 오갔다. 사람들의 입에서 입으로 '나'의 모습에 대한 이야기가 옮겨졌다. 아주 이상하게. 내 눈앞의 '벌레'는 나만 보이는 것인가 보다. 상대적으로 크기가 많이 달라서 그런가. 아니면 평범하고 우울하게 생긴 나의 모습이 나쁜 짓을 저지르는 사람으로 오해할 만큼 생긴 것일까. 저 벌레 녀석처럼 플라스틱을 먹는 미친놈이라고 오해하는 것은 설마 아니겠지.

남들이 보기에 내가 그리 추레해 보이진 않을 것이라고 생각한 건 그저 내 생각이었다. 멀끔하게 생겨서는 백수인가 보다고. 청년 하나가 공원 한구석의 벤치에 한참을 앉아서 무엇인가를 보고 있는데 위험한 사람은 아닐까 하는 호기심, 걱정과 불안이었다. 요즘 하도 흉흉하기도 하니 그럴 수 있다.

저 이야기들을 무시할 구실을 만들어야 한다. 내 귀가 자꾸 저분들의 이야기를 탐하기에 시선을 돌려야 한다. 쓸데없는 죄책감으로 나 자신을 옭아매는 어리석은 짓을 너무나도 자주 해 왔다. 이러다 길가에 쓰레기만 뒹굴어도 내 잘못이라고 손가락질하는 시선이 있을까 불안에 떠는 내 모습을 발견할 것 같았다. 뭐 그때의 생각이 크게 틀린 것도 아니란 게 살면서 밝혀졌지만.

구석에 핀 민들레가 따뜻한 볕을 쬐고 있다. 나도 함께 볕을 탐하며 종이와 펜을 들고 뭐라도 하는 척한다. 실은 아무것도 하지 않으면서 말이다. 그림을 그리는 사람일까, 글을 쓰는 사람일까, 아니면 그저 과제를 하고 있는 나이 든 학생일 뿐일까 하고 들여다보는 사람이 여럿 있던 것 같다.

민들레와 나만 얼굴을 마주하고 있다. 플라스틱 컵에서 거둔 시선이 민들레에 옮겨졌지만 그도 잠시였다. 다시 플라스틱 컵이 먹어 치워지는 과정을 본다.

웅성거리던 사람들 중, 아저씨 한 분이 내게 와 물었다. 매일 왜 그렇게 앉아 있느냐고, 무엇을 보고 있느냐고 말이다. 요즘 동네가 흉흉하여 매일 비슷한 시간에 나타나 뚫어져라 한곳만 쳐다보고 있으니 말들이 많다며 얼굴을 찌푸리셨다.

아이들의 부모는 최대한 아이들이 내 곁에 다가가지 못하게 서로 막았다. 아, 어떤 의심을 받고 있는 것인지 그제야 알았다. 이거 자칫 잘못하다가는 동네에서 쫓겨나기 딱 좋을 분위기인 것 같았다. 대답을 잘해야만 하는 순간.

"곧 봄이라서요. 움틀 새싹을 기다리고 있습니다."

최대한 이상한 사람이 되지 않기 위하여 한 말이다. 아저씨는 호탕하게 웃더니 내 등을 툭 하니 건드리며(아팠다) 호탕하게 웃으셨다.

"이 사람 보게. 글 쓰는 사람이건 시인이건 뭐 하나 콕 짚어 말을 해야지. 그래, 그래! 작가라고 미리 말을 해야지. 괜히 의심하지 않았나. 이 사람 말투가 작가네 작가야! 하하하…."

아저씨는 눈빛으로 '직업을 밝히든가 없으면 조용히 끄덕이거라' 하고 말하는 것 같았다. 당황한 마음에 얼른 고개를 끄덕였다. 뭐 어떤 종류의 작가인지는 말하지 않았으니 그냥 끄덕인 게 거짓말을 하는 것은 아닐 테다. 나는 떳떳한 사람이고 아주 평범한 직업도 있고 그저 휴가를 즐기고 있을 뿐인데 당황하고 말았다. 아저씨는 헛기침을 두어 번 하시더니 대수롭지 않게 그래 하고 가셨다.

굳이 정정하지는 않기로 한다. 더 이상 날 불안하게 쳐다보지는 않을 테니 말이다. 덕분에 동네 사람들이 내 쪽으로 가까이 와서 기웃기웃하였지만 아저씨가 저 사람 작가인가 보다며 고민이 많은 예술가 양반한테 괜히 말 거는 거 아니라며 주위 사람들에게 쉬쉬했다. 이내 많은 관심이 사라졌다.

주위의 불안한 속삭임과 시선들을 모두 거두어 주셔서 정말 고마웠다. 두어 시간 동안 가만히 식사 중이신 '벌레' 님을 관찰하고 있었노라고는 도저히 말할 수 없었다. 그럼 작가에서 생물학자로 넘어가기 딱 좋은 이야깃거리였다. 돈 없는 생물학자가 되다가 결국 백수가 되겠지. 그렇게 나의 편안한 휴가는 남들 입방아에 오르내리며 끝날지도 모른다. 이쯤에서 그들의 관심에서 사라지는 가장 좋은 선택이었다.

이런저런 생각을 하는 사이 '벌레'는 처음 보았던 모습보다 커져 보였다. 분명 페트병 위에 앉아 있었지만 많이도 먹어 치운 탓에 나름대로 무거워진 벌레의 몸무게에 페트병이 굴려진 것 같았다. 안쪽에 들어간 건 아닌가 싶어 아래쪽을 내려다보았으나 아무것도 없었다. 대신 페트병은 계속해서 조금씩 사라졌다.

뭔가 이상했다. '벌레'가 있던 자리임이 분명하다. 회색의 알갱이 같았던 녀석이 테두리를 보지 않으면 투명으로 변신한 것 같았다. 꼭 플라스틱 조각 하나가 굴러다니는 모양새였다. 저 정도면 벌레가 플라스틱을 먹은 것이 아니라 플라스틱이 벌레를 먹은 것 같았다. 너무 오래 앉아서 환영을 본 것인가 싶어 멍하니 바라보던 것을 중단하고 집으로 향했다.

늦은 저녁, 그곳으로 다시 향했다. 하나쯤은 확인하고 싶었나 보다. 이미 페트병은 없었다. 공원을 기웃거려 페트병 하나를 주워다가 같은 자리에 두어 보았다. 바람에 날아가 버릴까 싶어서 페트병 안에 모래도 좀 넣어 두었다.

또 멀찌감치 떨어져 앉아 보다 보니 조금씩 사라져 갔다. 사람이 밥 실컷 먹고 배불러 허리 끈을 풀고 드러누워 헉헉거리는 것처럼 몇 마리도 배를 까뒤집고 숨을 쉬는 것처럼 보였다. 오늘도 투명하던 몸의 가장자리가 회색 빛깔로 살짝씩 보였다.

이야, 이거 신기한 생물인 게 분명하다. 이걸 잡아다가 커뮤니티들에 여기저기 동영상을 찍어다 올리면 이슈가 되어 분양 보내기 딱 좋을 것 같다. 어릴 적 시골 가로등 불 아래 모여드는 풍뎅이류를 분양 보내면 공돈이 생기지 않겠느냐던 잘못된 어린 나의 모습도 떠오른다.

신기하다고 집집마다 반려라고 분양해 가지 않을까. 투명한 걸 먹어 치우는 곤충! 이런 이름으로 말이다. 그럼 나는 신기한 생물을 분양해 주는 그런 아저씨로 유명세를 얻겠지? 이런 생각까지도 해 보지만, 나는 소심하다. 행동으로 옮길 수가 없다.

그런 생각들이 떠오르던 차에 아저씨의 눈빛도 다시 떠올랐다. 나에게 무엇을 보고 있냐고 묻던 아저씨. 이 말 저 말 많아지는 게 싫어서 적당히 선 그으신 분이셨다. 그냥저냥 회사에 다니다가 휴가 얻어 나온 나인데 순식간에 작가로 만들어 주셨다. 소문을 잠재우셨다. 아주 멋진 분이다.

내가 넋을 잃고 바라보던 이 신기한 생물을 그 아저씨도 봤다면, 과연 어떤 반응을 보이셨을까. 나를 과학자나 생물학자로 만들어 주지 않았을까. 그냥 얌전히 우리 동네에 과학자가 산다, 뭐 이 정도면 아무 문제 없겠지만, 그 이후 소문에 소문이 더해져 분명 좋지 않을 것이다. 이렇게 신기한 걸 내가 제일 처음 발견한다는 건 말이 안 될 것이기 때문이다.

인터넷 속 어딘가에서는 이미 이걸 발견한 사람들이 저마다 한마디씩 보태고 있겠지. 내가 모르는 사이트들이 훨씬 많을 테니 말이다. SNS에서 사람들이 신기한 곤충이라며 떠들어 댈 것이다. 조용히 이미 지나가 버린 이 쓸데없는 생각을 접기로 한다.

휴가 마지막 날, 3월 3일.

이 신기하게 생긴 '벌레' 녀석들에게 관심이 간다. 인터넷에 검색을 해도 이런 걸 주웠다는 사람은 아직 없다. 검색어가 이상한가 싶어 영어로 쳐 보려다가 포기한다. 외국에 있다는 걸 알게 되더라도 내가 할 수 있는 일은 없을 테니 말이다.

그날도 공원을 산책하기로 마음먹고 나선 길이었다. 따뜻해진 봄기운에 동네 사람들이 꽤 많았다. 주위를 두리번거리며 걸음을 옮겼다. 나의 걸음은 너무나도 무거웠다. 담뱃갑을 감싼 투명한 비닐 조각이 바닥을 뒹굴고 있었지만 눈에 들어오지 않았다. 하필 그것을 밟고 넘어진 것이

나였다. 그런데 비닐에 미끄러져 넘어진 느낌이 아니다. 내가 넘어진 이유는 둥그런 벌레를 밟았기 때문일 것이다. 서둘러 걷는 길이 아니었다. 바람 한 점 없었다. 봄기운 아래 거닐고 있던 나뿐이었다.

돋아난 지 얼마 되지 않은 가느다란 벚꽃나무는 제 꽃을 움트려 노력했다. 분홍 빛깔 그 자태를 뽐낼 꿈을 꾸며 망울을 터뜨릴 타이밍만 노리고 있다. 나무 끝에 제각기 터져 나올 그 노오란 꽃술을 가다듬으며 제 색을 뽐내는 날을 기대하고 있는 듯하다.

나의 온 신경이 그 끝에 매달렸다. 시끄러운 머릿속 세상은 당최 조용해질 기미가 보이지 않는다. 며칠만 더 지나면 분홍빛 꽃잎이 하늘을 감쌀 것이라는 생각에 집중해 보기로 한다. 이번에도 그들은 내 생각을 온통 빼앗아 주기를 바라보았다.

"아!"

누군가 들으면 감탄에 겨운 작은 탄성이었으리라.

"아?"

이 아름다운 광경에 마음을 빼앗겨 놀라는 중일 것으로 보일 것이다. 아차 하는 순간에 무엇인가 밟고 미끄러졌다. 나무 끝의 봉오리처럼 터져 나오는 생각을 막지 않고 있었을 뿐이다. 발 앞에 무엇이 있는지 확인할 겨를이 없었다. 완벽한 풍경 아래 완벽히 넘어진 순간이었다.

뒤로 넘어져도 코가 깨진다고, 미끌 하는 순간 엉덩방아를 찧었다. 그리고 내 넘어진 진동 때문인지 이 얇은 나무가 살짝 흔들리고 얼어붙은 낙엽 몇 장이 자신도 여기 있었다며 떨어졌다.

"젠장."

한숨과 함께 읊조린 말은 나의 모습과 함께 놀란 주위 사람들의 귓가에 닿았다. 내 뒤에서 걷던 분이 놀라셨다. 참다가 터진 웃음은 정말 '푸붑'이라는 두 글자가 명확하게 들렸다. 그리고, 투명한 구슬 같은 것이 함께 떨어졌다. 침

일지 모른다. 정말 '푸! 붑!' 하고 웃어 주시니 말이다.

침 몇 방울이 떨어진 건가 싶어 내 까만 바지를 내려다봤다. 투명한 구슬이었다. 정말 동그란 구슬이었다. 일단 침이 아니라는 것을 확인했으니 다행이다. 더 많은 웃음을 남들에게 선사하기 전에 훌훌 털고 어서 가던 길을 마저 가기로 한다. '뒤로 넘어져도 코가 깨진다'가 아니라 '뒤로 넘어져 구슬 맞는다'로 고쳐야겠다. 당시에는 이게 뭔지 모르고 그저 투명한 구슬인가 보다 하고 털어 버렸다.

'그것'이 벌레라는 사실조차 몰랐다. '피나방벌레'는 벌레라는 사실을 깨닫기 전까지는 퍽 예쁜 구슬처럼 보였다. 그나마 꿈틀거린다거나 내 몸에 지니고 있는 온갖 플라스틱을 향해 먹기 위해 돌진하는 그런 모습을 보이지 않았으니 다행이었다.

투명한 구슬이 내 몸에 닿았다 떨어졌다. 빗방울보다 좀 단단했지만 손으로 만졌을 때는 약간 말랑했다. 그 외에는 벌레라는 것이 티도 나지 않았고 별 이상한 점이 없었다.

혹시라도 벌레 자신도 놀라 내 몸으로 돌진할지도 모른다는 상상을 하자마자 발가락 끝에서부터 소름이 쫙 올라온다. 이제 와서야 이 녀석과 뒷산 공원에서 마주한 플라스틱을 잘도 뜯어 먹던 벌레가 같은 벌레라는 사실을 알게 되었지만 말이다.

이 동네에서 나만이 관심을 주고 있는 것일까? 내가 처음일까? 혹시 어떤 기업에서 화학실험을 하다가 우연히 만들어진 그런 벌레인 걸까?

아닐 거다. 그저 조용한 우리 동네이다. 저렇게 대단한 벌레라면 엄청난 기업에서 똑똑한 연구원들과 연구하다가 탄생했을 가능성도 있지 않을까? 하필 평범하고도 평범한 내 앞에, 평범한 도시에, 아주 평범하던 그날.

투명한 벌레가 어떻게 나타난 것인지는 알지 못했다. 동네는 물이라고는 왕숙천, 산은 아차산, 크고 넓은 곳이라면 조선 왕들께서 잠들어 계신 동구릉 정도이다. 배산임수는 기가 막히게 좋은 곳이 바로 이 동네이다. 다만, 현재는 재개발 구역으로 지정된 빌라가 가득한 동네이다. 어르신들이 모여 모여 살고 계시는 시계가 멈춘 지극히 평범한 동네. 아주 어릴 적부터 이 동네에 살았다. 대학 시절에 다른 지역에서 잠시 살던 것이 이곳을 떠난 것의 전부였다.

이 동네에 전셋집을 얻기 위해 조금만 더, 조금만 더 하며 고생으로 얻은 9평짜리 1.5룸이다. 자취를 갓 시작하던 그때보다 짐은 조금 더 늘었을 뿐이다. 내 기준에서 상당히 큰 집에서 뿌듯하게 살고 있다.

처음 자취를 시작한 집이 대학교 근처 6평짜리 지하 월세방이었다. 추운 겨울날 전기난로로 따듯하게 데운 내 집을 찾은 손님은 환풍기 구멍에서 떨어진 주먹만 한 쥐였다. 갓 자취를 시작하던 그때, 이젠 10년 전이라 불리게 된. 그 작은 지하 월세방에서는 6개월도 채 살지 못했다.

주먹만 한 쥐에 놀라 뒤로 넘어졌다가 한동안 팔꿈치를 부여잡고 앓았다. 머리를 부딪힌 데도 없는데 코피는 줄줄 흐르지, 눈앞에 쥐는 같이 놀라서 멈췄지. 그 순간은 지금 생각해도 아찔하다.

쥐는 얼마나 더 놀랐을까. 저보다 커다란 게 놀라서 멈춰서 무슨 생각을 하는지는 모르겠지만 피까지 줄줄 흘리니 말이다. 그나마 나보다는 운동신경이 좋아 폴짝 뛰어 사라졌었다. 사실 나보다 먼저 이 집에서 살고 있었을지도 모른다. 그 녀석에게 내가 집을 빌려서 생활하고 있는 것이 아니었을까.

충격적인 그 장면을 목격하고 그 쥐에 소름 끼쳐 하며 도망치듯 나와 이사 간 집이 7평짜리 옥탑방이었다. 구한 옥탑방은 온갖 새들과 고양이들의 길이 되어 버렸지만, 꼬질꼬질한 나의 모습과 달리 깨끗하고 예쁜 동물들의 모습이었다. 그 모습에 반하여 내 밥을 덜어 그들의 밥을 챙겨 주는 나를 발견했다. 내가 판단하고 자신 있게 할 수 있는 몇 안 되는 일이었다.

나의 두 눈에 담기는 겉모습을 판단하였다. 모습이 내 맘에 드는지, 들지 않은지에 따라 나의 행동은 크게 달랐다. 지금 생각하면 그 쥐는 살겠다고 노력하던 것이고, 나는 그런 쥐에게 도움은커녕 놀라 자빠진 것이 다였다. 그저 제 갈 길을 가던 새들과 고양이들에게 밥을 주어 그들의 발길을 붙잡은 것도 나였다.

그 쥐의 눈으로 본다면 나는 어떤 모습이었을까? 그 쥐의 눈에 비친 나는 살아가는 것 자체가 힘들어 보이는 그저 미천하고, 자신의 종족에게 해를 끼치는 고작 인간 따위는 아닐까.

그런 집에서 한참을 지내며 조금씩 모은 돈으로 6년 만에 4층짜리 건물 3층에 위치한 9천만 원 전셋집을 얻게 되었다. 물론 대출과 함께. 그래도 얼마나 값지고 뿌듯하였던지. 그날 마신 술이 참 달았다.

'벌레'가 나타나기 전까지는 곤충 아니면 벌레 따위는 털어 내야 할 존재였다. 나 살기도 바쁜데. 생각을 두지 않았다. 살아가기에 급급했고, 아름다운 것과 아름답지 않은 것을 구분 짓는 나의 행동을 정당화하는 데 여념 없었다. 그 대상이 내가 바라보는 모든 것에 해당하였고 그중 가장 많이 떠오르는 것이 다름 아닌 주먹만 한 쥐였다. 살겠다고 노력하는 그 모습이 말이다.

'벌레'라고 다를 바 없었다. '그것'은 자신의 생존을 위하여, 살아 숨쉬기 위하여 먹었을 것이다. 생존을 위한 유일한 방법이 저것들을 소화시킬 수 있도록 진화한 것일지도 모른다.

처음엔 그저 휴대폰 속 뉴스 기사에 무슨 벌레가 플라스틱을 먹고 있다는 이야기를 보길 원했다. 플라스틱을 먹어 치우니 '그래, 이것이 좋겠다' 하며 집집마다 한 마리씩 놔두면 좋지 않겠냐는 우스갯소리들이 판을 쳐 이 세상에서 저것들을 만난 사람이 내가 처음이 아니길 바랐다.

알지 못하는 누군가의 입에서 입으로 전해지는 소문의 주인공이 내가 되지 않기를 바라는 마음이었다. 소문은 너무나도 무섭다. 두렵다. 입에서 입으로 어떤 이야기가 전해질지 예측이 되지 않아 대비도 못 하고 속수무책으로 죽어 가는 상상을 하게 된다.

멍하니 천장만을 바라보다 보니 깊은 밤이 되었다. 따뜻한 음악을 틀어 놓고 멍하니 천장을 바라보다가 가볍게 몸을 흔들며 운동이랍시고 기지개를 펴던 그런 나의 시간으로 돌아갈 수 없다. 길가 어디에서도 노랫소리는 들리지 않았다. 오늘도 힘겹게 하루를 버텨 온 사람들의 비명이나 욕뿐이었다.

창문 틈 사이로 봄빛이 흘러들길 기다렸다.

다섯 번째.

투명한 벌레의 이름

2021년 5월 20일.

소문은 흐르고 흘렀다. 뉴스, SNS, 영상 플랫폼에서 '벌레'에 대하여 다루었다. 세상이 멸망할 징조라는 공포 분위기가 조성되었다. 그제야 뉴스에서 봤느냐고 진짜 저런 벌레가 있는 것이냐는 동네 사람들의 호들갑이 내 귓가에 닿았다.

그들은 아직까지 목소리 한 번 내지 않았다.

SNS도 현실도, 어딜 가나 '벌레 님'은 식사 중이셨다. 저렇게 먹고 먹고 또 먹다가 사람의 키만큼 커질 것이라는 이상한 소문도 돌았다. 이내 사라졌지만. 이것들이 다 자라 봤자 5센티를 넘지 않을 것이란 게 현재까지 알려진 이야기이다.

이런저런 불안한 소문들이 저 녀석을 감쌌다. 불안은 멀어질 생각을 하지 않고 한편에 머물렀다. 나만이 떠올린 것이 아니더라. 놀이터를 향하던 동네 아이들의 얄궂은 생각들 중 하나였고, 낯선 것을 빨리 받아들이지 못하고 저런 것은 다 허상이라는 어르신의 독선이었다. 여러 사람들의 공포가 유독 내 맘에 닿았을 뿐이다.

이제 생각하는 것조차 다른 사람의 머리를 빌려야 할 만큼 내 뇌는 굳어 가는 것 같았다. 단단하게. 그 단단한 플라스틱 덩어리들을 먹는 '벌레' 님들께서 언제고 시선을 돌려 내 굳어 가는 머리를 노릴지 모른다.

내가 '그것'들에 관심을 거두기에는 내 삶이 송두리째 흔들리고 있었다. 회사 집 회사 집을 오가던 시간들 사이에는 '벌레'를 다시 볼 일이 없다고 생각했다. '벌레'는 보다 빠르게 주변을 먹어 치우고 있었다. 내가 살고 있는 도시에서는 '벌레'들의 뷔페나 다름없었다. 종류별로 실컷 먹어 치우는 것이었다.

일을 하기 위한 체력을 길러야 하지만 않았어도 그날, 공원에 가지 않았을 것이다. 하루하루 뻐근하게 굳어져 가는 내 몸뚱어리를 이끌고 산책에 나선 날이었다. 하필 그날, 그곳은 투명한 '벌레'들의 파티 장소였나 보다.

다른 장소로 향하면 없겠지 싶어 왕숙천으로 향했다. 이곳도 상황은 비슷했다. 사람들이 어쩌다 흘린 플라스틱 쓰레기들이 아니었다. 이 정도면 투기 수준이다. 쓰레기통을 차고 넘친 플라스틱 컵들은 다양했다. 커피 컵, 음료수 컵, 빨대, 온갖 봉투…. 수년 전에 비하면 어마어마하게 깨끗해진 곳이라는 사실에 그나마 다행이라 여겼었다. 길가에 널린 쓰레기들이 그나마 한자리에 모아졌다는 사실에 감탄한 적이 있다.

아직 물가 군데군데에는 바람에 날린 쓰레기들을 만날 수 있었다. 이리저리 날려온 것들은 저마다 존재감을 뽐냈다. 하지만 그 자리들 아래에는 투명한 구슬들이 흩뿌려져 있었다. 여기도 '벌레'들이 점령한 곳이다. 빠르고 깔끔하게. 그들의 먹이가 되고 있었다.

산책 나온 사람의 사탕 비닐, 멍멍이의 잃어버린 배변 봉투, 배달 음식의 잔해들까지. 아주 쉽게 만날 수 있는 '그것'의 먹이. 먹이가 있는 곳에 그들은 당연히 찾아왔고 제 삶의 이유를 달성해 갔다. 제 몸보다 수배는 더 큰 비닐과 플라스틱에 애써 매달려 먹고 있었다.

'그것'들이 달빛을 머금고 빛났다. 무서웠다. 사람이나 동물이 먹을 수 있을 것들은 제외하고 플라스틱이 섞인 것은 모조리 먹어 치웠다. 빠르게 사라져 갔다. 깔끔하게 주변의 플라스틱 쓰레기는 눈 녹듯 사라졌다.

2021년 5월 24일.

어느 동네에 전기가 끊겼다는 소문이 돈 지 사흘 째 되는 날이었다. 갑자기 늘어난 '벌레'들이 소름 끼쳤다. 전선이 합선되어 불이 났다는데 복구가 더뎌지는 상황이라는 소문이다. 휴대폰 속 뉴스들이 화재 이야기로 정신 없었다. 벌레의 이야기는 잠시 수그러드는 듯했다.

불이 났다는 동네가 잠시 부러웠다. 내가 다니는 동네는 화재와 전혀 상관이 없기 때문에 평소와 다름없이 지하철을 타고 출근했다. 발길에 채던 쓰레기가 줄어서 오히려 감사하기도 했다. 작고 둥글둥글한 구슬들이 모여 먹어 치우는 모습을 곳곳에서 발견할 수 있었다.

초창기 때야 별 상관하지 않았지만, 골목마다 쓰레기가 사라지자 카페에서 사용되던 일회용 플라스틱 컵에 붙어서 먹어 치우는 바람에 카페들마다 소동이 벌어졌다. 휴가 중 팻말을 걸고 한숨을 쉬는 카페 사장님들을 볼 수 있었다. 가게들마다 방역업체들이 들락거렸다. 식약처에서 식당마다 조사하고 다닌다는 소문도 있었다. 정작 그 벌레를 치워 버릴 수 있는 방법이 없다는 이야기가 대부분이었다.

동네 카페의 휴가 중 팻말이 폐업으로 바뀌는 집이 늘어나고 있다는 동네 사람들의 이야기도 들었다. 자신이 운영하던 가게 소품샵 하실 분을 구해서 임대 드려야겠다며 업종부터 바꿔야 먹고살겠노라고 한숨 쉬시는 분도 계셨다. 그렇게 생업까지도 위협당하기 시작했다. 소름 돋는 시간들만 속절없이 흘러갔다.

뉴스 기사에서 그것의 이름을 대대적으로 선포, 아니 명칭이 붙었다고 밝혔다. 2021년 05월 24일은 이 정도면 기념일로 지정해야 할 것이다. 저 벌레에게 이름이 붙은 아주 어마어마한 날이니 말이다.

[피나방벌레plastic moth larva]

이름이 생겼다. 그저 벌레 투명한 벌레 정도였던 것에게 이름이 붙었다. '그것'이 어떠한 진화의 과정을 거쳐 왔는지 아직까지 밝혀진 바 없다. 뉴스에서 그것의 명칭을 "플라스틱을 먹는 벌레", "플라스틱 애벌레", "플라스틱 유충", "투명한 벌레" 등 다양한 이름으로 부르다 보니 "피나방"이라는 명칭으로 정해진 것 같지만 사람들의 입에선 '그것', '저것', '징그러운 것', '플라스틱 먹는 벌레' 이런 단어가 쏟아졌다.

이럴 때 필요한 것이 검색 센스이다. 웬만큼 잘하는 게 없는 나이지만 그나마 요즘 사람들처럼 검색을 할 줄은 알기 때문에 센스로 찾진 못하고, 그저 떠도는 백과사전에 사람들이 펴다 놓은 글을 읽는 것이 전부이다.

키워 봄직하겠다던 사람들로부터 정부보다 더 빠르게 그것의 성장 일기가 퍼져 나갔다. '그것'의 실체를 밝히겠다는 사람들의 말들이 모였다. 신이 허락한 반경 안에서 살아 내지 않고 자신들이 편할 대로만 살아온 사람들로부터 새로운 신이 태어났다. 사람들은 자신이 알고 있는 그 신들을 부르고 불렀다.

'그것'에 대하여 자세하게 적힌 블로그에는 다음 내용들이 있었다.

피나방벌레plastic moth larva

○ 분류

계 : 동물계

문 : 절지동물문

강 : 곤충강

* 곤충강으로 속하나, 성체가 나방과 유사할 것이라는 추측으로 분류된 것이므로 성체가 확인되면 분류가 정정될 수 있음.

일반적인 나방과 같은 성체의 모습이 알려지지 않았으며, 회색의 알 형태에서 시각포식자에 대한 방어책으로 몸 자체를 투명하게 성장한다.

해부를 해 본 사람이 없다. 해부를 했다고 주장한 이일삼 박사의 주장은 다른 박사들의 주장에 따라 신빙성이 떨어지는 것으로 밝혀졌다.

알 상태에서도, 애벌레 상태에서도 칼날이 부서질 정도로 단단한 몸체를 지녔다.

해충으로 분류하자는 여론이 형성되긴 하였으나, 쓰레기 소각에 드는 비용이 절감되었다는 이유로 익충으로 분류되었다.

○ 알

- 지름 0~1㎜

- 회색 돌멩이와 비슷한 울퉁불퉁한 형태.

- 불투명하여 빛을 비추어도 내부를 확인할 수 없음.

- 알이 플라스틱 주위에 떨어진 것이 확인되면 이틀 안에 알 껍

데기를 모두 먹으면서 부화함.

○ 부화 직후 유충

- 길이 2~3㎜
- 회색의 쌀벌레와 유사한 형태. 눈 쪽에 약한 붉은빛을 띤다.

○ 부화 3~5일 후

- 동그란 몸집이라 지름으로 표현하겠음. 지름 10 ㎜ 정도로 급속도로 자람.
- 멀리서 보면 가장자리가 회색인 돌멩이로 보임. 주식은 플라스틱 컵, 비닐봉지 등 플라스틱합성물.
- 이 시기에 하루 동안 먹을 수 있는 플라스틱의 양은 플라스틱 컵 1개 정도로 추정.

○ 부화 1개월 후

- 지름은 20~40 ㎜
- 플라스틱 컵 5개를 다 먹는 데 6시간이 걸리지 않는다.
- 먹이를 끊임없이 공급해 주었을 때 40 ㎜ 정도 까지 몸통이 굵

어진다.

- (동그란 몸집)원형의 몸통을 가지고 있으며, 몸체 색상이 거의 투명해짐. 색깔 플라스틱을 먹은 경우 잠깐 그 색을 띄지만, 10분 이내에 투명한 몸 색으로 돌아감. 배설물은 먼지처럼 흩어짐.

○ 부화 1~2개월 후

- 지름은 20~40 ㎜
- 가장자리의 회색은 거의 보이지 않고 투명하고 동그란 애벌레의 몸체로 바뀜.
- 투명한 애벌레 상태가 성체인 것으로 추정됨. 배설물 사이에 알이 같이 섞여서 나오는 것으로 추정.
- 발정기는 확인되지 않으며 투명한 애벌레 두 마리의 암수는 육안으로 구별되지 않음. 짝짓기 여부도 확인되지 않음.
- 먹이(플라스틱)가 쌓인 곳에서 성장 속도가 조금 더 빨라지는 것으로 보임.

○ 수명

- 확인되지 않음.

- 해충이라 주장하는 이들이 벌레를 죽이고자 약품, 불, 무력 등을 사용해 보았으나 벌레, 알 모두 불에 강하여 죽지 않음.
- 성체는 알을 낳을 수 있는 것으로 추정. 위험 상황(예: 불)을 만나면 급하게 알을 먼지처럼 뿜어 낳음. 알은 배설물에 섞여 먼지처럼 흩어짐.
- 알과 배설물은 50 ㎝ 이상 멀리 뿜어짐(바람을 탈 경우 가벼워서 멀리 날아갈 수 있음).

*

사람들은 정신없이 '그것'에 대해 떠들었다. 일부 사람들은 '그것'을 박멸시킬 수 있는 방법에 대하여 토론 아닌 토론을 하였다. 불을 지르자. 천적을 찾아다 지천에 풀어 버리자. 쥐약이나 농약이면 될 것이다…. 새로운 해충을 맞닥뜨렸을 때 신기해서, 무서워서 떠들던 그런 소리들이 오갔다. 해충 중에서도 심각한 해충이 아니던가. '신기하다'

보다 '무섭다'가 더 크게 닿을 것이다.

동그란 몸체가 신기하고 귀여우니 키워 볼 만하겠다는 이야기도 나왔다. 메뚜기의 생김새가 뾰족뾰족 귀여우니 키워 보겠다는 이야기와 다를 바 없었다. 사람들은 갑론을박을 이어 나갔고 '그것'은 매우 빠르게 퍼져만 갔다.

녀석의 시작은 어디였을까. 그냥 돌연변이에 불과한 것일까. 돌연변이로 태어났다면 왜 하필 이곳일까. 아직까지 다행인 것은 '그것'이 사람에게 해를 끼치지는 것은 아니라는 점이다.

사람들의 발걸음마다 먼지가 날렸다. 길거리에 널려 있던 플라스틱 병이나 비닐봉지들에서 '그것'들은 발견되었다. 가끔 플라스틱과 한데 엉킨 '그것'이 싫다며 그 쓰레기 더미에 불을 지르는 사람도 있었다. 다른 벌레들처럼 죽어 버리지 않는 것이 문제였다.

동그랗게 생긴 지름 30 ㎜ 정도 되는 저 투명한 벌레에 기름을 붓고 불을 붙이면 분명 타 죽었으리라 여기는 사람들의 후기도 있었다. 타 버려 회색과 검은색이 엉겨 붙은 재가 되었겠거니 하고 끝냈다. 하지만 며칠이 지나면 그 까만 재 근처의 플라스틱을 먹고 있는 '피나방벌레'를 볼 수 있었다. 실은 죽은 것이 아니었던 것이다.

심지어 꽃이 피는 이 봄에 비조차 내리지 않아 불을 붙였던 자리의 재도, 수많은 쓰레기도 씻겨 나가지 않았다. 지나가는 사람들은 그것을 바라보고 "길이 참 더럽네." 할 뿐이었다.

사람들의 입에서 입으로 '그것'의 이야기가 넘실거렸다. 매일 그렇게 '그것'에 대한 공포로 가득하여 이 이야기를 듣고 알리고 해야 한다는 사실이 끔찍했다. 물론 좋은 일보다 어렵고 힘들고 무섭고 아프고 징그러운 그런 이야기가 구전되기 얼마나 좋은가.

나도 그러한 사람들 중의 하나일 뿐이었고, 사실 공포가 더 컸다. 그것을 죽이기 위한 약은 없었고 공생하는 방법은 지독히도 끔찍했다. 집집마다 그것을 말살시키기 위한 방법을 찾기 위하여 어지럽게 움직이고 있다는 이야기만 간간이 들릴 뿐이다. 더 무서운 그 소식이 들리기 전까지는 그냥 징그러운 이야기 정도였다.

더 무서운 소식은 바로, 전선의 피복이 플라스틱 합성 소재로 이루어졌고 플라스틱을 먹어 치우는 저 괴물이 전선의 피복을 먹어 치우면서 합선으로 인한 화재가 원인이었다는 소식을 접했다는 사실이다. 주위를 둘러봤다. 회사에도 집에도 골목에도 다니는 모든 곳에는 전선이 지나고 있었고 이 모든 게 그 녀석들의 먹이라는 사실이다.

오늘의 해가 저물어 집으로 향해야 하는 시간이 돌아오면, 내가 저것의 유충을 품고 오지 않았기를 바라고 바라야만 했다. 유충을 품고 들어와 다른 집보다 더 빠른 속도로 번식시키는 멍청한 짓을 하면 안 된다. 최대한 온몸을 털고 또 털었다.

이건 뭐 난생처음 겪는 난리 통이다 보니 그 누구도 재빠르게 대처할 수 없었다. 저것들이 모여 있는 장소는 플라스틱이 쌓여 있는 곳이라는 것밖에는 알지 못했다. 이번 주가 지나면 쌓여 있던 저 플라스틱 더미는 사라지고 온통 먼지투성이가 되어 있을 것이다.

청소차라도 와서 물을 쫙 뿌려 주면 좋으련만, 고무로만 만들어져 먹지 못할 줄 알았던 바퀴란 바퀴를 죄다 저것들이 먹어 버리는 바람에 기대도 할 수 없게 되었다. 얼마 전까지 물빛에 어른거리던 번쩍이던 야경, 그 휘황찬란한 광경은 더 이상 볼 수가 없어졌다.

가장 심각한 것은 플라스틱의 원료인 석유는 먹이로 삼지 않는다는 점이었다. 플라스틱과 플라스틱이 섞인 합성물은 죄다 먹어 치우는 녀석이 원료는 입에도 대지 않는다는 이상한 소식도 전해졌다. 오로지 플라스틱과 비닐과 같이 인간이 새로 만들어 낸 것들만이 '피나방벌레'의 식량이었다. 내딛는 걸음마다마다 꿈틀대는 벌레로 가득한 세상이 한 걸음 앞으로 다가왔다.

꿈틀대면 차라리 익숙하기라도 하지, 저것은 둥글둥글하게 생겨서는 굴러다닌다. 굴러다니는 모든 것에 입이 숨어 있다는 이야기도 있고, 그저 몸 자체가 흡수할 수 있다는 이야기도 있다. 약간 굵은 붉은색 부분 덕분에 어디가 머리인지는 알겠지만, 저놈의 똥구멍은 어디이길래 저 녀석이 지나다닌 길마다 먼지로 가득할까.

저걸 잡아다가 집집마다 놓아두면 온 플라스틱 쓰레기를 먹어 치울 테니 참 좋겠다 싶은 생각을 한 적이 있다. 저 녀석들이 얼마나 더 먹을 수 있는지 몰랐다. 얼마나 어떤 속도로 퍼져 나가는지도 몰라서 한 망상이었다. 다행히 그 생각을 멈추게 해 준 똑똑이가 내 곁엔 있었다. 똑똑이 중에 똑똑이라는 8살짜리 조카 시은이 녀석이었다. 한다는 말이 참 일리 있고 대단했다.

"여왕개미가 열심히 알을 낳으면 일주일 정도면 유충으로 부화한다고 책에 쓰였어. 괜히 이상한 걸 집에 들였다가 번식 잘하면 그거 다 삼촌이 감당해야 할걸?"

하며 다시 책 속으로 빠져들어갔다.

그래, 예전에 나도 비디오로 본 적이 있다. 개미는 여왕개미가 낳은 알로부터 자라난다. 유충에서 번데기가 되었다가 성충이 되는 것을 완전 변태complete metamorphosis라고 부른다고 했다. 갓 부화한 애벌레를 일개미들이 열심히 먹이고 길러 냈다. 유충은 몇 번이고 허물을 벗어 가며 번데기가 된다. 이 수많은 개미들은 왕국을 이루어 내고 사람이 보지 못할 곳, 단단한 아스팔트 아래 왕국을 짓는다.

그 똑똑이의 참견이 아니었으면 지금쯤 나는 어디에 어떻게 번식해 버렸는지도 모르고 열심히 '그것'들과 동거했을지도 모른다. '그것'들의 왕국은 개미처럼 사람과 다른 공간에 왕국을 건설하지는 않을 것이다. '그것'들의 왕국은 내가 생각한 것보다 더욱 커질 것이다.

이미 그들이 점령한 세상은 인간들의 세상 그 전부였다. 세상은 온통 그들의 먹이 천국이었고, 이 모든 일들은 인간들이 만들어 낸 세상과의 공존을 위한 것일 것이다.

저것들을 잡아다가 키워 보겠다는 그 바보 같은 생각이 문득 들어 버린 그날이다. 시은이는 어려운 책을 읽고 싶다며 놀러 왔다. 다행 중에서도 특히나 다행이 아닐 수 없었다. 인정할 수 없긴 하지만 똑 부러지는 누나의 유전자를 물려받아 똑똑한 저 조카 녀석의 머릿속 덕분에 무지한 나는 상상 속의 악몽 정도에서 그칠 수 있었다.

며칠 후, 시은이는 전화로 놀리듯 이야기했다.

"삼촌 같은 바보가 우리 반에도 있더라!"

이 아이는 나를 놀리려는 건지, 나와 놀아 주려는 건지 아주 모르겠다.

"삼촌처럼 벌레 키우고 싶대. 바보인 것 같아. 그 벌레가 먹는 게 플라스틱이면 이건 재앙이지. 흑사병 같은 것처럼 사람들을 온통 죽일지도 몰라."

고작 8살짜리 머릿속에서 나오는 생각이 저렇게 심오하다니. 저 어린아이는 인간이 잘못했다는 것을 정확하게 지적했다.

"우리가 사는 모든 세상을 야금야금 먹어 대지 않을까!"

꼭 자신이 몇 년 동안 연구한 결과를 발표하는 박사님의 세미나 같은 분위기를 풍기며 녀석은 말했다.

"예전에 삼촌이 그랬잖아. 제일 무서운 사람이 대놓고 화 안내는 거라고. 웃으면서 말라 죽게 하는 사람이 제일 무서운 사람이라며. 저 벌레가 딱 그래."

순수한 것일까. 순수한 것이겠지. 저 아이는 어떤 지식들을 머리에 넣어 어떤 사람으로 성장하고 있는 것일까. 그 녀석이 덧붙인 말은 내 머릿속에 한참이고 맴돌았다.

"이만큼 지구를 괴롭혔으면 참는 시점이 지났다고 말하는 것일지도 몰라. 사람에게 주는 자연의 벌이 아닐까?"

혹은 어떤 사상을 가지게 된 것은 아닐까. 저 아이의 속에 깊이 자리한 그 생각에 나 또한 영향을 끼친 것은 아닐지 잠깐 생각하게 되었다. 뭐… 사상, 그런 것들의 분류에 대하여 깊이 고민해 본 적은 없으니 조카 녀석에게 말하진 않을 것이다.

야금야금 먹어 댄다, 라. 사람에게 주는 자연의 벌. 사실 어떻게든 끼워 맞추면 그럴듯한 명언이 하나 탄생한다.

저것들의 먹이가 플라스틱이라고 했다. 그래, 플라스틱.

이것은 사람이 만들어 낸 것이다. 원래 자연에 있던 것이 아니다. 나보다 어린 사람의 시선은 나이 들어 익숙해져 버린 우리보다 훨씬 정확할 것이다. 나는 늙지는 않았지만 노화가 이제 막 시작되었음을 느끼며 벌써 내 몸을 껴안고 편안함을 추구했다. 그 결과 나의 시대는 플라스틱으로 가득했다.

일어나기 싫은 몸을 뒹굴리다가 플라스틱이 뒤섞여 있는 내 방 안에 '피나방벌레'가 갉아 먹을 만한 것들을 찾아본다. 잠에서 깨어난 내가 가장 가까이하는 것들부터 찾아보자. 어디에 그들의 먹이인 플라스틱들이 있는지 생각해 본다.

내 눈앞. 컴퓨터, 노트북, 휴대폰, 소파 옆 장식장, 아 콘센트도 있구나. 전선 피복도 플라스틱 합성물이랬고. 운동하겠다고 사 놓고 쓰지도 않는 짐 볼도 있다.

휴대폰 케이스. 이것은 건대 거리를 걷다가 곰돌이와 눈이 딱 마주쳐 샀다.

휴대폰 케이블. 아 이 케이블에도 섞여 있을 것이다. 휴대폰에서 충전 케이블을 분리해 낸 후에 무거운 몸을 이끌고 화장실로 향한다.

변기 커버. 차가운 변기 뚜껑을 들어 올리고 아무것도 걸치지 않은 내 궁둥이를 변기 커버에 앉힌다. 잠깐 앉았다가 사라지는 곳이 아니다. 여기가 집중이 참 잘되는 공간이다. 휴대폰 속 내 영지를 꾸며야 한다. 영지에는 온통 전쟁의 상처들이 남았다. 캐시의 마법으로 살려 내는 일이 내 아침 일과이다. 전쟁은 점심 먹고 치를 것이니 열심히 회복하고 자금을 마련해야 한다.

한참을 그렇게 볼일을 보려는 것인지 앉아서 게임을 하려던 것인지도 잊어버릴 즈음 간신히 일어나 양치를 한다.

칫솔. 칫솔이야 그 자체가 플라스틱이니 벌레가 얼마나 잘 먹겠는가. 요즘 대나무 칫솔도 나온다는 이야길 들었는데 슬슬 바꿔야겠다. 치약도 먹으려나?

치약. 이런 것에도 미세 플라스틱이라고 하던가. 그런게 있지 않을까? 뚫어져라 보던 화면을 내리고 검색을 해본다. "치약 미세 플라스틱" 어디서 들어 본 적 있는 것만 같다 싶더니 인터넷 뉴스에 잔뜩 올라온다. 이걸 죽음의 알갱이라고 부르는가 보다. 국내 행정고시가 개정되면서 미세 플라스틱을 치약, 치아미백제, 구중 청량제 뭐 이런 것에 첨가제로 쓸 수 없도록 바뀌었다고 한다. 다행이네.

아, 이 플라스틱 조각들의 이름이 '폴리에틸렌', '폴리프로필렌' 폴리폴리 이름도 참 귀여운데 사람이 만들어 낸 플라스틱이 생태계를 돌고 돌아 인간의 몸속으로 들어와 건강을 해친다고 한다.

"윽."

저걸 먹은 생물들에게 미안하기도 하지만 결국 내가 먹고 있는 것들에게 있다고 생각하니 속이 좋지 않다. 괜히 물고기들의 장기 어디에 붙어 염증을 유발할 것만 같은 느낌이다. 그 물고기를 나는 좋다고 먹었겠지.

지난 명절 때 들른 본가에서 받은 선물세트들이 떠오른다. 친척분들이 이전에 선물 받았으나 따로 쓰는 게 있다 보니 사용하지를 않아 구석에 뒀었다 하시는 것들을 주시는 대로 받아 왔었다. 내가 따로 어떤 브랜드를 정해 두고 쓰는 사람이 아니다 보니 이렇게 얻은 것들이 참 유용하게 쓰인다.

다만, 몇 년 전에 생산된 치약인지 확인도 안 해도 될 만큼 누렇게 빛바랜 상자가 대부분이다. 한참을 들여다봐야 겨우 보일 테지만 말이다. 그래서 그런 건지 내가 지금 쓰고 있는 이 치약도 한참 전에 생산이 중단되었다던 그 치약이 맞는 것 같다.

그렇다고 지금 가지고 있는 이것들을 전부 버릴 수는 없다. 이미 만들어진 것을 버리는 것도 환경 파괴가 아닐까.

'아닌가?'

의문이 들었다. 안 좋다는 것을 알게 되었을 때 이걸 버려야 하는지, 있으니 일단 써야 하는 것인지. 모르겠다. 이렇게 오래된 것을 그 회사들에게 돌려줄 수도 없는 노릇이다. 다시 한번 속이 쓰리다.

아직 내 방문 열고 나가지도 않았는데 벌써 이만큼이다.

고작 나 하나가 살아가는 데 이 집 안의 물건은 온통 플라스틱이다. 어쩌면 내가 먹는 것, 마시는 것, 숨 쉬는 것까지 모든 것에도 섞여 있을지 모른다.

차라리 황사가 나았지 싶다. 황사 때문에 통신 장애가 온 적은 없으니 말이다. 휴대폰이 없이 사는 것은 상상도 못 할 일이다. 매일 휴대폰을 들여다보고 켰던 창을 닫았다가 다시 또 켜는 의미 없는 행동을 반복하며 시간을 보냈던 나인데, 휴대폰을 할 수 없다는 것은 불안함을 증폭시킬지 모른다는 생각이 들었다.

물을 마시겠다고 냉장고에 도착하고 나서야 생각이 든다. 그래, 냉장고. 냉장고 속도 플라스틱일까?

'그렇지, 냉장고 속 칸칸이 가르는 이 모든 것이 투명하구나. 그리고 잘 깨지지.'

하긴, 썩지는 않으면서 친환경 안에서 살아가려면 돌이나 흙을 구워 만든 냉장고를 집집마다 땅굴을 파서 묻혀두어야 할 것이다. 지금의 편안한 환경에서 다시 친환경적인 삶으로 전환하기에는 엄두가 나지 않는다.

'그것'의 이름만 곱씹게 된다.

"벌레 새끼."

조용히 욕이나 읊조려 본다. 내가 저 벌레에게 욕을 한다고 해서 바뀌는 것은 아무것도 없지만 그래도 속이라도 편하게 지껄여 본다.

그렇지만 이내 후회한다. 그 녀석이 생기게 된 이유가 꼭 내가 아니더라도 인간이 잘못한 일 때문이니까. 물론 저 벌레를 사람이 만들었을 수도 자연이 만들었을 수도 있는 것일 테지만, 한 가지 공통적인 목적이 있을 것이다. 인간이 망친 것을 되돌리는 것.

피나방벌레… 그 녀석들이 생겨난 이유일 것이다.

여섯 번째.

사람들의 관찰 일기

2021년 05월 27일.

이불 더미가 쌓여 소파 같은 모양새를 했다. 이전에는 참 포근했다. 내 무게에 하도 눌려 폭신했던 솜은 과거가 되었고 납작해졌다. 위에 앉아 보지만 포근함 없는 그냥 천 더미였다. 그 속을 파고들어 가 내 생각 속을 더듬었다. 이 시간만큼은 예전과 동일하다. 천 더미 사이에 파고드는 내 모습이 해충과도 같다. 좋을 게 하나도 없다.

예전에는 이 시간이 휴대폰만 바라보며 낭비되었다. 그런 시간들이 있었다. 그 속에서 얼마나 마음이 편했던가. 사람과의 스트레스에서 벗어나는 유일한 탈출구였다. 다른 사람의 생각에 어떻게 반응해야 할지 하는 그런 고민들을 할 필요가 없는 달콤한 시간. 그냥 보았다. 읽기만 했다. 내 이야기는 들려줄 그런 이벤트가 전혀 없다. 그렇다고 저들의 대화에서 소외되지 않는다. 나의 생각은 전하지 않아도 되는 그 아름다운 공간이다.

이미 전기가 끊겨 충전할 수 없는 휴대폰이었다. 켜져 있다는 상상을 하며 시간을 죽인다. 켜지지 않는 휴대폰을 감싸 안고 기억을 더듬는다. 휴대폰이 켜져 있다는 상상에 빠져 헤어 나올 생각을 하지 않는다. 휴대폰 중독자와 다름없이 아침부터 저녁까지 휴대폰을 달고 살았다.

눈앞에서 20센티. 멀리 둬야지 멀리 둬야지 하고 생각만 할 뿐, 자세는 전혀 달라지지 않았다. 휴대폰 속의 앱들의 위치가 생각나고 괜히 더듬어 본다. 예전에 찍은 사진 어플에 들어가는 상상을 한다. 그동안 찍었던 사진들을 떠올리며 아직 휴대폰이 된다는 상상 속에서 벗어나지 않는 것이 지금 내가 할 수 있는 일이다. 나의 상심은 나를 이 골방에서 나갈 수 없게 하였다.

'없다. 아무것도.'

이곳에는 전기가 끊겼다고 서로를 위한다거나 나를 다독이는 사람은 없다. 혼자 살고 있는 이 방 안에는 나에게 괜찮냐 물어 주는 사람이 없다. 그저 혼자서 괜찮다 다독일 뿐이다. '벌레'와 함께 살아갈 방법을 모색해야 할 것이다. 벌벌 떨면서.

다른 사람들에 비하여 능력이 턱없이 모자라기 때문에 그저 살고 있다는 것에 행복을 느끼고 있지만 말이다. 평범하게 학교를 졸업하고 평범하게 직장에 다니다가 아주 평범하게 백수로 지내고 있는 지금이 어쩌면 다행일지 모른다.

지금은 '그것'의 소식을 확인할 방법은 소문뿐이다.

휴대폰이 마지막으로 된 것은 전기가 끊기고 1주 정도 지났을 때이다. 전기가 끊기기 전까지 휴대폰이 충전기에 연결되어 그나마 완충 상태였다. 어플도 깔아 둔 것이 많지 않아 그나마 배터리 방전 속도가 느린 편이었다.

몸을 일으켜 집착하듯 물건을 찾아서 온 방을 뒤지기 시작했다. 당장 어디에 연락할 일도, 무엇인가 전해야 할 내용도 용기도 없지만. 내 쓸데없는 삶이 평범하게 이어지길 바라 왔는데. 멀쩡하게 정리되어 있던 것들을 헤집었다. 집에 쓰지 않고 처박아 두었던 보조배터리 6개 중 2개가 방전되지 않았다. 안도의 한숨을 내쉬었다. 적어도 몇 분은 쓸 수 있을 것이다.

'그것'들을 누가 어떻게 처리하기 위하여 노력하고 있는 것인지 알 길이 없다. 물론 지금 찾아낸 보조배터리를 이용하면 잠깐 그 소식을 들을 수 있을 것이다. 내 쪽에서만 휴대폰이 켜진다고 소통이 가능한 것이 아니라는 사실을 깨닫는 데는 몇 시간이 걸렸다. 구전으로 그렇다 하더라 하는 말을 전해 들어야 할까 보다.

해가 저물기 시작할 즈음, 방음이 잘되지 않는 이 창 너머에서 동네 사람들의 웅성거리는 소리가 들렸다. 집 근처에 사람들이 모여들었다. 어떤 한 분이 저쪽 넓은 곳에서 모이자며 소리쳤다. 동네 사람들이 뒷동산으로 모여든다. 플라스틱 컵 하나에 옹기종기 붙은 '벌레' 같았다.

뒷동산은 건물들 사이 골목길에서 큰길로 올라가면 있다. 현충탑 뒤로 큰 공원은 어르신들의 산책 코스였다. 나도 그나마 최근에 빨았던 옷을 하나 걸치고 그곳으로 향했다. 그곳은 회의장이 되었다. 동네 사람들이 모여 서로의 안부를 묻는다.

처음 보는 사람들이 대부분이지만 반가워하는 이들이 없다. 서로 화가 많이 쌓인 상태였다. 휴대폰이 안돼서 미쳐 버리겠다는 말들이 대부분이었다. 주제 없는 회의를 이어 간다. 우리는 좁아터진 골목길을 사이에 둔 집들에는 몇 명이나 살고 있는지 알지 못했다. 오며 가며 얼굴은 알지만 인사 한 번 제대로 해 본 적 없는 사람들이 서로의 목소리를 내기 시작했다.

부모를 따라나선 해맑은 어린이들은 벌써 친해져 서로의 이름을 부르며 술래잡기를 한다. 티브이도 휴대폰도 컴퓨터도 없으니 어떻게 놀아야 할지 잠시 고민하는 모습을 보였다.

"게임하자!"

하고 외치는 친구에게, 휴대폰도 없는데 무슨 게임이냐고 핀잔을 주는 아이도 있었다. 한 명이 술래잡기도 게임이라며 시작한다. 어릴 적 동네 친구들과 놀던 놀이를 이 아이들이 하고 있다. 심지어 몰랐던 아이들이 대부분이었다. 부모가 회사에 가지 않아서 좋다는 아이, 자신이 학교에 가지 않아서 좋다는 아이도 있었다. 친구들의 놀이에 끼지 못하고 놀이동산 가면 안 되냐 부모의 바짓가랑이만 당기는 아이도, 과자 사러 가자고 보채는 아이도 있었다.

전기가 끊어지고 휴대폰과 컴퓨터가 되지 않으면서 직장을 잃었다. 돈은 카드 안에 적힌 숫자였는데 플라스틱 카드는 이미 '벌레'들의 밥이 되었고 휴대폰 속 통장 어플은 켤 수도 없다. 물물교환하듯 마트에서 물건을 받아 오려는 시도도 있었으나, 마트 주인들은 벌레로 인한 사태가 위험하다는 것을 일찍 깨달았는지 문을 걸어 잠갔다.

어른들은 뛰노는 아이들을 흐뭇하게 바라보았다. 보채는 아이들을 보며 눈물을 삼켰다. 어떻게 해야 하는 것인지 아는 사람이 없었다. 걱정을 이어 갔다. "어른들"의 범주 안에 들어 있는 사람들은 할 수 있던 것을 못 하게 되었을 때의 허무함 속에서 있었다. 미처 추스르지 못한 감정으로 마냥 해맑은 저 아이들을 무엇으로 돌볼 수 있을까. '벌레'가 만들어 낸 비극 아닌 비극이었다.

한 아주머니가 소리 높였다.

"무작정 화만 낼 일이 아닙니다! 전기가 끊기고 직장도 끊겼습니다. 현금이 없는 사람들이 여기 계신 분들 대부분일 것이고 우리가 의식주에 필요한 물품을 어떻게 구할 수 있을지를 이야기해야 합니다!"

주위가 싸늘해졌다. 저 주장에 함께 고민하며 좋은 방향으로 풀어 나갈 수 있도록 브레인스토밍을 할 수 있는 상황일 리 없다. 아니나 다를까, 문제에 대한 지적이 이어졌다. 전기가 끊긴 게 문제이다. 여기 있는 모든 사람이 직장이 없는 것도 아니다. 의식주에 필요한 물품은 각자가 해결할 문제다. 어쩌란 거냐…. 그런 화가 담긴 말들만 오갔다.

저 벌레에 대한 사람들의 관심은 이미 중요한 문제가 아니었다. 살아가는 터전이 망가졌다는 사실에만 주목하고 있었다. 우리는 쓰레기라고 휙휙 던져 버리던 커피 컵이나 비닐봉지를 먹어 치우니 환경에는 참 좋은 녀석이라며 우호적인 반응도 중간중간 들렸었다. 몇 주 전 바닷가에서도 본 적 있다는 한 사람의 발언에 모두가 그를 쳐다보며 당신이 데려온 건 아니냐며 바다에 간 것이 언제인지 따져 묻는 사람도 있었다.

오히려 아이들은 차분했다. 어떤 놀이를 해도 다른 사람을 질책하지 않았다. 술래잡기에서 뒤처지는 아이에게는 심판을 보게 했다. 아이들이 어느새 다른 놀이로 넘어간다. 쭉 모여 앉아 가위바위보로 왕을 정했다. 한 아이가 자기가 왕이라며 신하들을 뽑았다.

신하들은 저마다 나뭇잎, 나뭇가지, 열매들을 따 왔다. 이 나뭇잎은 화장지로 쓰자, 이 열매는 떡, 저 열매는 사탕, 한 아이는 물을 떠 오라며 커다란 나뭇잎을 바가지 모양으로 구겼다. 그리고 곧 투명한 벌레들을 담아 왔다. 투명한 벌레들은 당황했는지 저마다 몸을 움츠리며 행동을 멈췄다.

아이들은 모두 투명한 벌레를 가까이서 보려고 모였다.

어른들이 하던 것처럼 저마다 한마디씩 보탠다. 그렇지만 어른들과는 달랐다.

"우리 아빠가 그랬는데 이 투명한 벌레는 플라스틱을 먹는대!"

"그거 전선도 먹었다! 우리 집 패드 충전기 저게 먹었어!"

"빵 해지면 반짝거린다!"

"이거 킬라 뿌려도 안 죽어."

"나도 안다! 이거 나쁜 벌레래!"

"얘 때문에 우리 과자 못 먹는 거랬어."

"그럼 얘를 먹으면 되지 않아?"

"벌레는 먹는 거 아니야. 이런 거 먹으면 배탈 날지도 몰라."

"우리가 이걸 관찰하자!"

아이들은 흩어져 저마다 무언가를 가져오겠다고 떠들며 흩어졌다. 가장 어린아이는 저게 뭔지도 모르면서 형들이 사라지자 투명한 벌레를 손으로 눌러 보고 발로 눌러 봤다. 동그란 그 형체는 눌렸으나 금방 다시 돌아왔다. 꼭 실리콘으로 만든 인형같이 눌러도 제 모습으로 돌아오는 것이었다. 아이는 신기해하면서 벌레들을 꺼내어 바닥에 두고 그 위에서 콩콩 뛰었다.

말려야 할까. 괜히 아이에게 겁을 주게 되는 건 아닐까. 이 애 부모가 근처에 있으면 알려 주고 싶지만, 지금 어른들의 상황은 자칫 잘못했다가는 그 화가 나에게 미칠 것 같았다. 아이가 다칠 것 같으면 그때 잡아 주기로 하였다. 잠시 더 지켜봐도 될 것이라고 생각했다.

흩어졌던 아이들이 하나씩 무언가를 챙겨 왔다. 돌, 흙, 유리 조각 따위를 들고 와서 소꿉놀이를 하는 것 같았다. 아직도 시끄럽게 벌벌 떠는 어른들과 달랐다. 그리고 가장 어린아이가 가지고 놀던 벌레들을 치워 주었다. 다칠지 모른다며. 나보다 한참 더 나은 아이님들이다.

"하늘소처럼 흙에 들어가면 변신할 수 있을 거야!"

"돌로 콕콕 찍으면 물 풍선처럼 터지지 않을까?"

"너 무서운 애구나?"

"터지면 불쌍할 거야."

"재도 너처럼 살아 있어. 그건 안 돼."

"그럼 물에 넣어 볼까?"

"헤엄치면 어떻게 하지?"

"나 유리 조각 찾았어! 이거 과학 시간에 배우는 건데 이렇게 햇빛이 닿으면 불이 날 거야!"

"바보야, 지금 밤이야. 해님 없어."

해 질 무렵 만난 동네 사람들은 딱 두 부류로 나뉘었다. 생각이 굳어 버려 화를 내기 바쁜 어른들과, 말랑말랑한 생각으로 시도를 해 보는 아이들. 아이들은 저마다 벌레를 없앨 방법을 궁리했다. 자기들끼리 시끄러운 어른들보다 훨씬 나았다. 감탄하던 차에 가장 어린아이가 누나들과 형들의 관심이 없는 사이 투명한 벌레를 손에 쥐더니 입으로 가져간다.

"안 돼!! 애기야!!"

다급하게 어린아이의 입으로 향하는 벌레를 막으려 향했다. 이미 아이는 벌레를 삼켰고 내 큰 소리에 놀란 아이는 울음을 터뜨렸다. 그제야 홍분이 가시지 않은 부모가 나타났다.

나에게 삿대질을 하며 화를 냈고, 상황을 물어보지 않았다. 울고 있는 아이를 감싸 안으며 달랬다. 나도 우리 엄마를 부르고 싶었다. 참 바보같이. 죄송하다는 말만 반복하다가 아차 싶었다.

"애기가 벌레를 먹은 것 같습니다. 토하게 해야 해요!"

우리의 소란에 주위 사람들이 모여들었다. 하임리히법으로 이물질을 토하게 해야 한다며 소란스러웠다. 기도에 걸린 게 아니니까 혓바닥에 손을 넣어 토하게 해야 한다는 사람도 있었다. 집에 약이 하나 있다며 필요하냐고 묻는 사람도 있었다. 어른들의 소란에 아이는 놀라 울음을 터뜨렸다.

아이의 울음에 사람들은 해가 완전히 사라졌다는 것을

깨달았다. 어떤 결론도 나지 않은 동네 사람들의 이야기도 끝이 났다. 자신의 딸이 간호사라며 딸에게 데려가 보면 되겠다고 소리치신 분을 따라 모든 사람들이 사라졌다. 어수선한 밤의 대화는 그렇게 끝이 났다.

집으로 돌아가는 발걸음은 무거웠다. 집 건물 앞에서 내 몸에 혹시라도 붙어 온 벌레가 없는지 주변을 샅샅이 훑어 댔다. 이 순간으로부터 사라질 수 있기를 바랐다. 아이를 바로 구하지 못했다는 죄책감까지 더해졌다. 아이가 아프거나 죽은 것도 아니지만 저 아이가 놀래 울음을 터뜨렸다. 아이가 퍽 걱정되었다.

나는 그들을 따라가지 않았다. 너무 많은 사람들의 호들갑에 어린아이의 울음소리는 더욱 커져 갔었다. 나까지 보태서 아이를 놀라게 할 필요는 없는 것 같았다. 무거운 발걸음이었다. 눈치를 봐야만 했다. 사람들의 입에서 내가 구하지 않았다는 이상한 이야기들이 전해져 소문이 되지 않기만을 바란다.

사람들은 저 신비로운 생명체에 대한 관심이 점차 두려

움으로 바뀌었다.

몇 주 전만 하더라도 그저 신기한 관심이 전부였다. 이 내용이 전부였다. 그 후에 그것들을 어떻게 하였는지는 어디에도 올라오지 않았다. 닭 강정, 대만식 카스텔라, 타코야끼나 왕만두쯤의 인기였다. 곧 사그라들 것이라 저마다 떠들었다. 신기한 것을 주웠다며 한 번씩 건드려 보고 잊어버릴 예정이었다.

저 생명체를 분양하여 키워 보겠다며 길가에서 제 몫을 해내고 있던 벌레들을 잡아 와 집 안에서 기르기 시작했다. 보통의 다른 곤충이나 동물이라면 사람들의 손에서 손으로 이동하다가 결국 죽음으로 끝났을 것이다. 그렇지만 그 어디에서도 저 생명체가 죽은 사례가 없었다. 아직 너무 짧은 시간이라 그럴 것이라는 이야기들이 대부분이었다.

이상한 일이 아닐 수 없었다. 먹이가 없어서 굶어 죽거나, 수명이 다 되어 죽거나, 환경 변화에 대한 스트레스로 죽어 버리는 다른 곤충들과는 달랐다. 심지어 불 속에서도 살아남고 물속에서도 헤엄쳤다.

조그마한 알을 핀셋으로 주워 달걀의 성장을 확인하듯 빛을 비추어 보지만 불투명하여 들여다보지 못했다. 그 작은 알 속에서 고작 이틀 사흘 정도의 시간이 지나면 알의 불투명한 껍질을 먹고 깨어난다. 가장 여릴 시기라는 이때에도 껍질은 밟아도, 눌러도 깨지지 않았다.

그 이야기가 나오니 주위가 숙연해졌다. 죽일 수 없다. 식사 중이시던 '저 벌레'님과 처음 마주한 나의 모습과도 같았다. 주위 사람들 대부분이 멍하니 하늘만 올려다봤다. 처음 신기하게 쳐다보았을 때 내 눈에는 그저 배추 조각을 먹고 있는 애벌레 정도일 거라 생각했었지만 점차 위험하다는 것을 느꼈던 나의 모습과 퍽 닮아 있었다.

사람들의 관찰 일기를 들으며 내가, 우리가 할 수 있는 것이라고는 가만히 지켜보는 것뿐이었다. 우리 삶에 피해가 되지 않도록 그들의 먹이와 우리의 터전을 구분해야 하는 것이 최선이었다.

궁금했다. 저것이 플라스틱 외에 무엇을 주식으로 삼을 수 있는지. 플라스틱이 아닌 다른 주식으로 삼을 수 있는 먹이를 찾아낸다면 공급해 주고, 우리의 삶을 지켜 낼 수 있을 것이다. 누군가 먹이를 줘 보면서 확인해 보면 될 것이다.

'그런데 과연 누가. 그 연구 결과를 어떤 방식으로 전달할 수 있을까.'

이런 결과를 기다리는 것은 어쩌면 무책임하고 시간을 낭비하는 행동일지도. 그래. 아마 이 사태가 비단 우리 동네에서만 일어난 일이 아닐 것이다. 기다리면 똑똑한 누군가가 행동할 것이다.

무책임하더라도 할 수 없다. 내가 가진 능력이 별로 없어 연구를 하더라도 그것을 홍보하기가 쉽지 않을 것이다. 자칫 잘못했다가는 소문에 휩싸여 나는 마녀가 될 것이다. 그래. 기다리면 될 것이다. 잠자코 기다리면 가능할 것이다.

늦은 밤. 다시 길거리로 나간다. 동네를 돌아보며 몇 가지 물건을 챙겼다. '피나방벌레'가 먹다 남긴 것처럼 생긴 플라스틱 컵 조각, 돌, 도자기 조각, 민들레 꽃잎이랑 풀들을 챙겼다. 쓸모없는 일일지라도 내 인생 처음으로 도전이란 걸 해 보는 시간이다. 각각 비슷한 크기의 벌레도 구했다.

유리병 안에 한 마리씩 넣고 각각의 먹이들을 넣어 닫았다. 이미 플라스틱을 만난 녀석은 당황한 기색도 잠시, 먹이를 먹느라 정신없어 보였다. 유리병째로 마개가 아래로 향하도록 뒤집어 두었다. 가능하면 이 유리병을 들어 엎고 빠져나가지 못하도록 말이다. 며칠이 지나고 여기 왔을 때, 유리병을 뚫었거나 다른 걸 먹었는지 확인할 수 있을 것이다.

며칠 후, 폐가에 벌레와 유리병을 확인하기로 하였다. 마음먹고 집 밖으로 나오는 데까지 한참을 고민했다. 슬슬 집에 식량도 떨어져 간다. 구할 생각을 해야 하지만, 이 벌레의 먹이를 찾아보겠다고 그 집에 가서 이런 쓸데없는 일을 하고 있다. 이러는 게 맞는 것인가 싶었다.

플라스틱과 벌레를 넣어 둔 병은 넘어져 있었고 병 안에는 벌레가 없었다. 다른 유리병들에는 먹어 치운 흔적이 없고 벌레들이 얌전히 잘 있다. 돌이 담긴 병은 아예 건드린 흔적조차 없다. 도자기 조각의 병 또한 마찬가지였다.

이들의 주식은 플라스틱뿐이다. 참, 이 사실에 기뻐해야 하나 싶다. 다만, 먼지 뭉텅이 같은 것이 옆에 있었고 일부는 새 생명이 깨어난 것처럼 보였다. 더 큰 문제는, 넘어지면서 깨진 유리병 조각 사이에 그 '벌레' 녀석이 껴 있었다는 점이다. 배가 부른데 유리를 갉아 내지는 못하니 그냥 끼워진 몸을 즐기고 있는 듯 보였다.

나의 관찰 일기도 이 정도 선이 전부였다.

일곱 번째.

검색할 수 없는 뉴스

2021년 06월 01일.

인터넷이 잡혔다 말았다 반복되었다. 밤이 가까워 오는 시간이지만 얼굴은 햇살 한 줄기를 피해 휴대폰이 만든 퍼런빛으로 속에 들어간다. 그나마 다행인 건 내 물병들은 모두 유리라는 사실이다. 냉장고 가득 있는 술병들도 감사함에 한몫을 하였다.

잡생각을 떨치려 머리를 벅벅 긁었다가 흔들어 내고 휴대폰을 내렸다. 숨을 크게 들이켜며 마음을 잡는다. 덮고 있던 이불을 오른쪽으로 밀쳐 내니 꾀죄죄한 두 발이 살짝 보였으나 무시하고 부엌으로 향한다. 내려 둔 휴대폰에 눈길을 주었다.

'인터넷이 잡히겠지. 지금은 되겠지.'

생각만 하며 쳐다보았다. 도로 쥐고 주머니에 넣으며 일어났다. 부엌으로 향하여 마저 목을 축였다. 얼마 남지 않은 물을 목구멍으로 콸콸 들이부으려다 멈춘다. 퍼런 것인지 허연 것인지 하는 그런 빛 사이로 검은 것은 글씨이구나 싶기도 전에 '그것'의 이름을 읽어 냈다. 오늘의 뉴스가 잠깐 뜨자마자 '그것'들에 대한 이야기뿐이다. 애지중지 내 휴대폰만은 '벌레'들에게 먹히지 않기를 바란다. 뉴스 기사 제목들에 눈길을 빼앗겼다.

'내 손에 들린 이 병을 비우면 물이 얼마나 남는 거지.'

입만 축이고 이내 그만둔다. 다시 해가 뜨는 내일이 오면, '그것'들이 내 집에 있는지 확인하는 것과 물을 떠 오는 것으로 해야겠다. 남은 오늘 동안은 휴대폰만 부여잡을 것 같다. 오늘 할 일은 내일로. 나는 게으르니까. 오늘의 뉴스는 무엇인가. 오늘은 '그것'이 잠잠해진 것일까? 누군가는 그것으로부터 도망치는 방법을 알아내지 않았을까…. 하고 이어지지 않는 이 생각들을 뱉어 갔다.

매일매일 몇 초 단위로 업데이트되던 뉴스들은 그 시간대가 점점 길어졌다. 아쉽게도 별것 없는 것 같다. 아니면 포털 사이트를 관리하는 회사가 벌레에게 온통 먹혀 버렸을 수도 있지 않을까. 누군가의 결별 소식도 결혼 소식도 잠시 순위 권에 올랐지만 이내 저물었다.

검색어 순위를 새로 고칠 때마다 변하는 것을 보니 이 순간에도 최선을 다하여 눌러 주는 나와 같은 사람들이 대단해 보였다. 휴대폰 속에 사는 저들의 삶은 빛났다. 그들의 삶에 대한 기사 한 줄에 자신의 생각을 덧붙이는 사람들이 참 대단한 관심을 주고 있다는 생각으로 피식거렸다.

여러 인터넷 기사를 눌렀다 뒤로 돌아가기를 반복했다. 머릿속에 들어오는 내용은 누가 다쳤다거나 죽을 뻔했다거나 죽었다는 지독하게 자극적인 내용들뿐이었다. 누군가 행복하게 지낸다는 뉴스는 금방 시들었다.

'참 슬픈 세상이구나.'

그 생각을 하며 또 반복한다. 시간이 얼마나 흘렀는지도 모를 만큼 휴대폰을 쥔 내 몸뚱어리는 같은 자세로 멈춰 있었다.

뉴스 기사 중, 내 시선을 앗아간 글이 있었다. 기사가 올라온 지 얼마 지나지 않아 실시간 검색어의 상위권을 차지했다. 순간 최선을 다하여 새로 고침 버튼을 눌렀다. 화면을 반복하여 끌어내려 돌아가는 화살표를 봐야 했다. 인터넷 상태가 그리 좋지 못했다.

볼일을 봐야 하니 휴대폰 거치대 안에 휴대폰을 넣었다. 휴대폰의 불빛은 꺼지지 않았다. 여태 새로 고침 상태로 시간은 흘러갔다. 볼일을 마치고 손을 씻는 와중에도 거치대 위의 새어 나오는 불빛에만 눈길을 줬다. 펌핑하여 사용하는 비누 거품이 옷에 묻었다.

휴대폰 중독에서 벗어나야 하는데 하는 생각이 들지만, 옷에 묻은 비누 거품을 손으로 툭 털어 내고 다시 손을 헹군다. 옷에 슥슥 닦고 벽에 걸린 수건을 보았다. 습관이 이렇게나 무서운 것이다.

휴대폰 속 뉴스는 새로 고침이 완료되었다. 수많은 뉴스가 실시간으로 올라왔다. 인터넷 뉴스 사이트가 이렇게 많았나 싶지만 내용은 거기서 거기였다.

"휴대폰 먹통"

"기지국 피해 규모 '피나방벌레' 소동"

"A 통신사 회장, 빠른 조치를 위해 복구 만전 기할 것"

"B 통신사 회장, 긴급 간부위원회 소집"

"C 통신사, 피해 규모 최소화 방안 모색"

"'피나방벌레'의 소각 방법 없어"

너무나도 빠르게 여기저기에서 문제가 발생했다는 글들이 순식간에 가득 올라온 것이다. 어쩐지, 내가 지금 이 행동을 멈추면 역사의 산증인이 되지 못할 것 같았다.

"유선 인터넷 케이블에 사용된 플라스틱"

"케이블 피복은 고무인가 플라스틱인가"

"청와대, 안전에 만전을 기해 달라"

"청와대, 국가 재난 선포"

"전국 초 · 중 · 고교 무한 휴교 선포되나"

"전쟁보다 무서운 벌레의 출현. 소각 방법 모색에 총력"

내용을 읽었다가는 새로 고칠 수조차 없을까 싶어 제목만 읽어 내려간다. 과연, 지금 이 순간에도 일부 기사는 조회 수의 증폭을 위하여 기사 제목을 자극적으로 쓴 것이 아닐까 싶을 만큼 '국가 재난'이라는 단어가 너무나도 크게 나에게 닿았다. 쏟아지는 기사에 정신 차릴 수 없었다.

"거 참, 심각하기는 심각한가 보네."

이때 내가 읊조린 말에는 겪을 일이 아니라는 생각이 듬뿍 담겼다. 걱정만 될 뿐 남의 일이었다. 회사에 출근하지 않는 순간부터는 확실히 깨달을 것이다. 자리로 돌아오기 전에 부엌에서 시리얼이라도 좀 퍼 올걸 하는 생각은 들었지만 난 이미 이불 더미와 다시 한 몸이 되었다.

날이 다시 저물도록 뉴스 기사를 새로 고치고, 화장실에 다녀오고 하는 행동을 반복했다. 밥을 먹어야 하는데 하며 이제야 꼬르륵거리는 배를 부여잡아 보았다. 뭘 먹지 않아도 될 만큼 불러 있었다.

순간, 새로 고친 화면에 새로운 뉴스 기사가 뜨기까지 1분이 넘게 걸렸다. 기사마다 '방금'이라고 적혀 있던 시간이 '2분 전' 정도만 남았다. 뭔가 이상했다. 이제 기자분들도 한시름 놓고 화장실에 가셨나 싶을 만큼의 시간이었다. 국내의 수많은 기자 분들이 동시에 화장실을 갈 수도 있지 않겠는가. 어쩌다 몇 천만 분의 일쯤 말이다.

며칠 전부터 약간 낌새가 있었지만, 오늘처럼 몇 분이 넘는 시간 동안 새로 고침 중인 표시가 나타나는 날은 없었다. 그날은 '그것'의 이름이 뉴스 헤드라인을 독차지했다. '그것'에 대해 알게 된 모든 것들이 기사로 올라오던 때였다.

다시 화면을 새로 고쳐 본다. 2분이 지나서야 인터넷이 되었다. 괜히 무서운 생각에 그 페이지 그대로 두었다. 화면만 톡톡 신경질적으로 두드렸다. 그 순간 문자들이 쏟아졌다. 와. 문자도 안 되고 있었다는 사실을 몰랐다. 도통 누가 연락할 일이 없었으니.

남동생 [형, 망함. 폰 안 될 듯. 내일 형 집 못 간다.]

서울에 출장 있다며 대구서 올라오겠다던 동생은 집에 있기로 되었는가 보다. 누나보다도 먼저 결혼한 동생 녀석을 못 본 지도 한참이다. 평소에는 멀리 있을수록 사이가 좋은 형제였는데 상황이 이래서인가. 아쉽다. 그립고. 특히 역시나 동생이랑 닮지 않은 사랑스런 나의 조카 시은이. 누나, 나, 동생 이렇게 셋 중 누나와 동생이 각자의 가정을 꾸리고 너무나도 사랑스러운 아이들과 함께한다. 누나는 강릉에, 동생은 대구에, 나는 구리에.

친구1 [살아남으면 연락해라. 너랑 거리가 멀어서 이 사태가 끝나야 보겠지 싶음.]

친구2 [미쳤어. 뉴스 진짜인가 본데? 야, 우리 주말에 보기로 한 거 무시하고 집에 있어라.]

뉴스 기사 새로 고침 하느라 정신 없던 폰에 이리저리 연락이 오니 입가에 미소가 살며시 오른다. 주말에 친구와 집에서 소주 한잔하기로 했던 것조차 잊었다. '벌레'에 모든 삶을 빼앗기는 중인 지금 상황만을 생각하며 슬퍼하기에 바빴다.

참 평범한 일상이었다. 일을 마치고 통화를 하고, 주말에 만나기로 약속을 잡는 일상. 인터넷을 한참 뒤져서 맛집을 골라 이번 주말엔 이 맛집을 가 볼까, 저 맛집을 가 볼까 하는 아주 평범한 그 일상. 앞으로 다시 겪을 수 있는 것인지 고민되는, 나의 소중한 일상. 모두 편안하게 살기 위해 만들어진 플라스틱들에 치인 세상이 주는 형벌에 가까운 '벌레'의 등장 때문이겠지.

친구3 [나 전 남친 연락 옴 ㅋㅋ 세상이 망하는 중이긴 한 듯.]

어설픈 밤이 시작되면 자신의 감정에 따라 충실하게 움직이는 사람들이 살아난다. 하루 종일 구겨져서 제 모습을 숨기고 있다가 나타난다. 해가 사라지는 그때, 어둠에 별이 제 모습을 보이려는 그때. 그 시간이 물들면 어설픈 감정들은 사람들을 조종한다.

나뿐만이 아니었다. 친구의 전 남자 친구님께서도 혼란스러운 세상에 대한 슬픔이 배어 나온 어설픈 밤에 물들었나 보다. 무엇이라 연락했는지는 모르지만 그리움을 토해냈나 보다.

친구 녀석의 이야기에 나의 연인이었던 그분이 떠오른다. 사랑했던 그녀에 대한 추억. 이 밤은 나의 마음에게도 다가왔다. 만약, 그리 애지중지하던 나의 이전 연인과 계속 함께할 수 있더라면. 만약, 그녀가 나에게서 외로움을 느끼기 전이었다면. 지금쯤 친구의 전 남자 친구님과 같은 저런 행동을 했을 것이다. 물론, 나의 성격을 아주 푹 적셔 밥은 잘 챙겨 먹었는지를 물을 것이다. 그녀 덕분에 나는 정말 따뜻한 사랑을 했고, 따뜻한 기억들을 가질 수 있었다.

나는 꽤 덤덤하게 그 사람을 보낼 수 있었다. 다시 만날 때는 서로의 짝에게 아름다운 인사를 할 수 있길 바란다는 말로. 나에게 있어 참 든든한 사람이었다. 내가 하고 싶은

일, 가고 싶다 생각하던 곳. 모든 것을 충족시켜 주려 노력하던 사람이었다. 늦은 밤이라도 당신과 함께 이야기 나누던 시간이 그립다는 한마디에 달려와 주던 그런 착한 사람이었다.

그 사람으로부터 받은 사랑을 어찌 다 갚을까 고민만 했다. 그녀는 쓸쓸해져 갔다. 내가 고민하는 사이 그녀는 나로부터 받은 사랑의 증거가 없었다. 그녀가 헤어짐을 결심한 것은 어쩌면 당연한 순서였다. 그만큼 못난 나였으니까. 그 사람의 모든 것을 사랑한다 했지만, 정작 표현이 서툴렀다. 상대의 빛나던 눈에서 흐르는 눈물을 나는, 닦아줄 자신이 없다는 결론으로 이어졌다.

때마침, 나의 그 따뜻한 연인을 좋아하는 다른 사람이 나타났다. 그 사람은 분명 내가 채워 줄 수 없는 나의 연인에게 온 마음을 다해 표현해 줄 수 있을 것이다. 다행이라는 생각이 먼저 떠오른 내 자신이 얼마나 부끄러워지던지.

곧 나의 후회로 다가왔다. 하지만 다시 달려가 붙잡을 용기는 없었다. 그런 생각들을 하며 닿은 바닷가였다.

그 기억을 묻어 두기 위하여 무던히도 방황하던 시기도

있었다. 세상 나 혼자만 이렇게 슬픈가 하는 생각에 화가 치밀었고 눈물이 멈추질 않았다. 그 핑계로 술은 아주 진탕 마셨더랬다. 다행인 것은 나의 감정을 모두 쏟아 퍼부어도, 제자리에서 철썩철썩 시원한 소리를 들려주는 바다가 있었다는 것이다.

그녀에게 더 많은 사랑을 주지 못했다는 죄책감에 슬퍼하던 날. 그날의 바다는 유난히도 어두웠고, 끊임없이 출렁이는 파도에 모래알들이 씻겨 내려가면서 모래에 숨어 있던 플라스틱 컵과 비닐 쓰레기가 나타났다. 어둡기만 한 바닷길이지만 물과 모래가 구분되는 것은 무심하게 제 할 일만 하는 하얀 파도 덕분일 것이다.

내 감정에 충실하려던 그 기분이 모두 깨졌다. 나는 누군가가 버리고 간 이 쓰레기만도 못한 놈이라는 생각이 들었다. 괜히 발견된 쓰레기들이 미워서 그 쓰레기에 대고 소리쳤다.

"이… 이 한심한 놈아!"

쓰레기를 발로 차 본다. 영화 혹은 드라마에서 본 장면을 따라 한 것이다. 지금 이 인생의 주인공은 나이다. 아무도 보지 않을 때. 지금 순간에는 말이다. 그렇지만 조준조차 잘 못하는 나는 쓰레기의 끄트머리만 밟고 끝이 났다. 이 쓰레기를 버린 사람들 때문에 내 감정이 망가졌다. 이 쓰레기가 모래 속에서 나타나서 그녀에게 다시 연락할 자신마저 사라졌다.

주워 들고 비틀대며 바닷가와 닿은 길의 쓰레기통으로 향했다. 너무 울어서 그런가 몇 번 넘어지면서 새로운 쓰레기들을 만났다. 불꽃놀이 잔해들, 케이크가 담겼던 고급스러운 플라스틱 쓰레기. 따라 걷노라면 발가락 사이를 비집고 자리하는 모래 알갱이와도 심적 다툼을 이어 가야 했다. 감상에 젖어야 하는 와중에 현실이 내 앞을 스쳐 지나갔다.

발가락의 검지와 중지 사이로 간지러운 모래 한 알은 떨어져 나갈 생각을 하지 않는다. 몇 번을 털어 내려 발을 휘둘러도 빠져나가지 않았다. 발가락 사이가 따가웠다. 따가운 부분에 살이 베인 건지 갑자기 밀려온 파도가 발에 닿자 쓰라렸다. 그 짧은 사이에 조심성 없이 밟은 무언가에 의해 나의 붉은색과 모래의 반짝임이 섞였다. 작은 유리 조각 또한 있었겠거니.

머릿속에선 서로 제가 잘났다고 별별 생각들이 목소리를 낸다. 치고 올라오는 수많은 생각을 정리하고 나면 나아진 기분으로 잠들 수 있을 것이라 여겼던 장소였다.

아름다운 바다에 왔다는 이 기분만이라도 만끽해 보려 하늘을 올려다본다. 별이 쏟아지려 하는지 구름 사이로 밝은 빛이 맴돈다. 구름 낀 하늘 사이로 빛이 눈에 거슬린다. 그녀와 함께일 때는 온통 행복이고 꿈이었던 하늘이었다. 손을 들어 별빛을 가려 본다. 둥글둥글하니 살 오른 손가락에 하늘을 보려던 생각을 접는다.

누군가 나처럼 파도에 하소연을 뱉으러 온 자리에 자기 흔적을 남기고 싶었나 보다. 파도가 어른거리는 자리에 얼마나 담배를 피워 댄 것인지 담뱃갑과 비닐들이 어지럽게 널려 있다. 음료수 병과 과자 봉지는 말해 무엇 하겠는가. 그 와중에 살고 싶었던 참 한심한 사람의 흔적. 내가 기억하던 그녀와의 아름다운 바다는 이미 추억 속에만 있는 것이었다. 남은 것은 쓰레기뿐. 그날의 감정은 딱 거기까지였다.

바다는 시끄러운 소리를 내며 나에게 다가왔다. 뱉어 낸 이 하찮은 감정을 다시 가져가라 소리치며 나에게 덤볐다.

친구3 [전 남친ㅋㅋ 다른 말없이 비상식량 갖다 줘야 할 것 같아서 연락했대ㅋㅋ 벌레 덕분에 다시 사귈지도ㅋㅋ 이 시국에 비상식량이라니. 이런 남자 잡아야 함 ㅇㅈ?]

친구4 [오늘 너네 집 못 감. 울 어머니 세상 망한다고 펑펑 우시다 쓰러지심.]

이모 [조카, 먹을 것 떨어지면 이모 집으로 와. 주소 그대로고 어디 안 갈 거야. '벌레' 조심하고.]

방금 전까지 새로 올라오던 뉴스는 멈추었다. 벌레에게 잠식당했으리라 짐작만 할 뿐이다. 정말 큰 혼란이 야기되는 중이다. 현재 진행. 이모 말대로 지금 짐을 챙겨 이모 집으로 피난 가야 할까 싶다.

'그렇게 이모네 식량을 축내는 민폐가 되어서까지 살아 남을 가치가 있을까? 내가?'

나는 그냥저냥 살아가는 데에 익숙해질 것이니 말이다. 난 영웅놀이와는 거리가 먼 사람이기에 금세 적응해 버릴 것이다. "아, 안 되는구나." 한마디만 남기고 그냥 그런 거구나 하고 살아갈 수 있다.

서 있기도 힘든 내 몸뚱어리를 방구석 이불 더미 위에 눕혔다. 휴대폰을 쥔 손을 위로 올리고 천장을 향해 휴대폰을 들었다. 새로 고침을 반복해도 돌아오지 않는다. 휴대폰을 바꿀 때가 된 것인가 싶어서 휴대폰을 재부팅해 보지만 이미 데이터가 끊겼다.

와이파이는 잡히겠지 하는 생각에 공유기와 인터넷 선을 뺐다 꽂아 보고 전원도 내렸다 올려 보았지만 아예 되지 않았다. 매일 휴대폰을 쥐느라 긴장되어 있던 팔뚝이 이제야 느껴진다. 어깨도 돌리고 간단한 스트레칭을 해 본다. 조금만 있으면 고쳐지겠지 하고 휴대폰만 바라봤다.

벌레의 생김새, 성장 속도, 번식하는 속도, 죽이는 방법으로 시도해 본 수많은 사람들의 정확하지 않은 이야기가 실시간 검색어를 차지했다. 그게 마지막이었다. 휴대폰은 더 이상 자신의 세계를 보여 주지 못했다. 답답한 것은 이 공간 안에 유일한 인간이 '나'뿐이라는 점이다.

삼십 분 정도를 그렇게 새로 고침과 휴대폰 껐다 켜를 반복했다. 불안하다. 상당히 불안하다. 십오 분쯤 더 지나니 동네 사람들의 욕하는 소리가 창문을 넘어 골목길에 퍼졌다. 다들 인터넷이 되지 않는 것 같았다.

쥐고 있던 휴대폰 화면을 끄고 주머니에 넣었다. 화장실을 향하는 딱 그 다섯 걸음만큼 주머니에 있었다. 변기 위에 앉아 휴대폰을 꺼내 거치대에 고정시키고 다시 새로 고침을 반복한다. 볼일을 보는 것인지 휴대폰을 보는 것인지 모를 시간이 지나갔다.

이 집으로 이사 오면서 가장 먼저 꾸민 곳은 화장실이었다. 화장실에서 볼일을 보면서도 휴대폰을 놓지 않았으니 내 시선이 닿는 곳에 휴대폰 거치대를 설치하고, 화장실 문짝에 작은 수납함을 매달아 휴대폰을 넣어 두기 좋게 했다.

놀러 온 친구에게 별짓을 다 한다는 소리를 들었지만, 이런 것을 어디서 사냐는 물음에 인터넷 사이트를 공유해 주기도 했다. 그 친구도 자신의 집에 설치했다는 말을 들으니 참 무서운 물건에 우린 중독되었구나 싶었다. 생각뿐이었다. 중독에서 벗어날 노력은 하지 않았고 좀 더 편하게 중독을 유지할 방법만을 찾았었다.

불안했다. 휴대폰이 곧 될 것이라는 희망이 필요했다. 적잖이 불안했다.

'적잖이'는 취소이다. 퍽 불안했다. 동네 사람들의 욕이 골목을 잠식하니 와 닿았다. 벌레다. 벌레가 무언가를 먹어 치운 것이다. 대체 무엇을 먹어 치웠길래 인터넷이 되지 않는 것일까.

딱 3시간까지는 정말 어찌할 줄 몰랐다. 불안한 마음이 너무 커서 휴대폰 화면만 켰다 껐다를 반복했다. 인터넷 연결은 되지 않지만 찍어 둔 사진도 음악도… 아차… 없다. 온라인이 필요 없는 게임조차도 깔아 두지 않았다.

밝고 행복했던 나의 기억들, 추억들은 모두 며칠 전에 외장 하드로 옮겨 두었다. 노트북은 이미 망가졌으니 아무리 전기를 꽂아도 켜지지 않을 것이다. 플라스틱을 먹는 벌레가 전국적으로 기승을 부렸다. 실시간 검색어를 차지했었다. 얼마 후 인터넷이 완전히 되지 않았었다.

'왜 그 생각을 못 했지?'

전선 피복은 플라스틱이 섞인 재질을 가지고 있다. 전선 피복의 재활용이 가능은 하지만 산업폐기물로 넘어가는 일이 허다하다는 말을 들은 적이 있다. 그렇다면, 피복이 먹힌 전선은 합선이 되거나 끊어지거나 불이 나거나 다양한 경우가 생길 수 있었으리라. 복구는 당연 힘들 것이다. 전선 피복을 모두 유리로 감싸지 않는 한 먹어 치울 것이다. 벌레가 너무 빠르게 우리의 삶과 가까이했던 것이다.

외장하드 속 내 기억들을 잃어버리지 않기 위해선 '벌레'들이 먹지 않도록 단단히 묶어 비집고 들어갈 틈이 없도록 잘 싸 놓는 것뿐이었다. 그나마 아직까지 이 집에 들어와 먹이를 구하려는 '벌레'는 못 찾았었으니 내 추억은 외장하드 안에 보관할 수 있을 것이다.

갑자기 내 삶의 가장 소중한 물건이 되어 버린 외장하드를 어떻게든 사수해야 했다. 물론 저걸 읽어 낼 컴퓨터는 곧 사라지겠지만, 혹시 아는가. 누군가는 만들어 내서 21세기에는 이런 걸 사용했다더라 하면서 꺼내 볼지.

외장하드를 이렇게 소중하게 벌레로부터 지켜내 더라도 내가 다시 볼 수 있을지. 내 기억 속에서 사라져 가는 추억이 외장 하드에서도 잊힐지 모른다는 생각에 어지러워졌다. 퍽 불안하다. 딱 그때까지였다. 기억과 추억이 흐려질 때마다 저장해 둔 사진과 동영상들에 의존해 살던 지난날이 스쳤다. 머리를 붙잡고 흐느껴 울었다.

'그냥 잠깐 끊긴 인터넷이라면 얼마나 좋을까.'

인터넷이 되지 않는 것이 반나절도 지나지 않아서 이렇게 울며 불안해해야 하는 것이 서러웠다. 잠깐 끊기거나 문제가 생긴 것이라면, 그래서 언제든 돌아올 수 있을 거란 희망이 있더라면 나았을 테다. 적당히 화만 나 있었을 것이다.

인터넷이 끝났다. 그렇다면 회사에 출근하더라도 할 수 있는 일이 없을 것이다. 이 사태가 비단 일이 주 만에 모두 끝나 버리고 하하 호호 웃는 낯으로 돌아갈 수 없을 것이다. 더 이상 회사에 출근하지 않기로 결심했다. 회사에서 나오지 말라 했더라도 알 길이 없으니. 네다섯 시간을 걸어가 회사에 붙은 공문을 확인할 수 있을 만큼의 체력이 없다. 어차피 그들도 월급을 어떻게 주어야 하나 고민에 빠졌을 것이다. 현금도 카드의 숫자도 아무 소용이 없는 지금이니까.

누나가 있는 강릉으로 피난을 갈까 생각만 할 뿐, 행동에 옮기지 않았다. 누나 또한 피난을 갔을지 모른다. 그런 생각을 하는 사이 밖에선 정말 피난 짐을 챙겨 떠나는 사람들이 보였다.

모든 빛이 삼켜진 밤이다. 이미 전기가 끊겼을 때 가로등은 빛을 잃고 별들이 제 빛을 뽐냈다. 그동안 잊고 지낸 하늘 덕분에 감성을 끌어올린다. 불안하던 마음이 잦아들었다. 대신 나는 이제 뭘 하고 있어야 하나 하는 생존에 대한 걱정뿐이었다.

한동안은 행복할 수 없다는 생각이 가장 먼저 나를 잠식했다. 수많은 경우의 수에 대한 생각들이 훌쩍 사라졌다. 나는 멀쩡하게 살아 있다. 번진 눈물 자국만 비벼 없앴다. 너무 평소 같은 목소리와 너무 평소 같은 행동을 이어 갔다. 딱 휴대폰 속 내용이 없을 뿐이다.

몇 시간이 더 지나서야 문득, 외장 하드처럼 휴대폰도 살아 있어야만 한다는 생각이 들었다. 노트북이나 컴퓨터처럼 크기가 큰 것은 싸매더라도 틈이 있을 것이다. 외장하드를 감쌌던 것처럼 최대한 꽁꽁 싸매었다. 유리병 속에 넣어 플라스틱도 벌레도 없음을 확인했다.

외장하드가 들어 있는 유리도 항아리 속에 휴대폰과 같이 넣었다. 지진이든 빙하기든 뭐 그런 시기처럼 저 투명한 '벌레'로 인하여 나 또한 죽어 버린다면 후세의 누군가가 이 당시 사람들은 이렇게 살았구나를 알 수 있지 않겠는가. 물론 흑 역사가 가득한 내용들이겠지만 말이다.

과연 '벌레'가 먹으려고 마음먹으면 뚫어 버리지 못할 것이 무엇이 있을까 싶지만 내 딴에는 최선이었다.

이 상황이 모두 꿈이길 바라며 억지로 잠을 청하고 얼마의 시간이 지났는지 모른다. 몇 십 시간은 흘러 버린 기분이지만 여전히 하늘은 깜깜했다.

얼마 지나지 않아, 내 몸뚱어리는 처마 밑 널어 둔 배추 시래기가 바람에 나부끼는 것같이 축 처져 있었다. 일어나야 한다. 일어나야만 한다. 이 거지 같은 상황이 모두 꿈이길 바라지만, 아닌 것을 알아 버렸기에. 살기 위해 일어나야 했다.

휴대폰이 되던 때가 그립다. 일어나 가장 처음 하는 일이 고개를 들어 감긴 두 눈을 비벼 휴대폰을 찾는 것이었다. 엎어져 있는 휴대폰을 켜고 누가 확인할 것도 아니지만 으레 하는 잠금 화면이 내 눈앞에 어린다.

걸어 둔 잠금을 손가락 슬쩍 대는 것으로 해제를 완료하고 휴대폰 속으로 들어간다. 이렇게 잠가 봤자 SNS에 직접 올린 흑역사들은 잠겨 있지 않지 않나 하는 헛웃음 실실 뱉으며 잠에서 깨어날 생각을 하지 않는다. 조금 더 두 눈 가까이 휴대폰을 당겼다. 지금은 내 눈앞의 손바닥을 보며 화를 낸다.

휴대폰 속의 세상은 그렇게 저물었다. 다음 할 일은 내 집 어딘가에 있을 '그것'들을 찾아내는 것이다. 원래 내 집에 있던 것과 약간이라도 이질적으로 보이는 것을 모아다 밖에 내다 버릴 것이다.

지금은 베란다에 '그것'의 번데기가 있는 것은 아닌지, 성체가 있는 것은 아닌지 확인하는 것이 먼저이겠다. 이중창인 이 건물이 낡디낡았으니 어쩌면 다행일 것이다. 바깥은 플라스틱으로 이루어진 틀에 끼워진 유리창이지만, 안쪽은 낡아빠진 나무틀에 불투명한 유리창이니 '벌레'들은 바깥 창을 야무지게 먹어 치우고 안으로 들어올 생각을 하진 않을 것이다.

'벌레'가 무서워 어딜 나갈 수도 없다. 생에 대하여 이미 내가 책임질 필요가 없다는 생각이 들었다. 그동안 노력하고 일구어 낸 나의 인생은 이깟 허탈함을 얻기 위해 살아남았던 것이다.

'나는 필요가 없는 사람이었던 것일까.'

이 세상의 그저 잉여인간으로 남아 버린 것이라는 안일한 생각들이 날 찾아왔다. 내 집을 조금이라도 정리하지 않으면 언제고 플라스틱 틀에서 유리가 빠져나가 좁은 저 골목길 어귀에 떨어져 산산이 부서질지 모른다. 차라리 마음이라도 편하게 이대로 죽으면 좋겠다.

이것은 누구의 잘못일까 고민하다가 나온 생각이 고작 이것이다. 회피. 누군가가 죽는다고 해서 이 사태가 끝날리 없다. 차라리 인간이 모두 멸종해 버린다면 자연에게도 저 벌레에게도 참 완벽한 결과가 아닐까. 망가질 대로 망가져 버린 지구가 내는 뾰루지 같은 것이 저 '벌레'의 탄생의 의미가 아닐까.

일회용품을 사랑한 나를 탓하기 시작하면 지금 상황에서는 정말 종잡을 수 없을 것이고, 나만이 잘못한 일이 아니지만 조금 더 편안하게 살고 싶다는 생각을 했다는 이유로 마녀사냥이라도 당할지 모른다는 불안감이 앞섰다.

여덟 번째.

타는 목을 축이기 위하여

2021년 07월 05일.

내가 '벌레'를 처음 본 순간으로부터 4개월 후, 집의 모든 전기가 되지 않았다. 수도는 아슬아슬하게 살아 있었다. 겨우 타는 목을 축일 수 있는 정도. 맘 놓고 씻다가는 언제 끊길지 모른다. 이 정도면 사람이 손으로 정화하고 물을 퍼 나르는 건 아닌가 싶었다.

창 너머 동네 사람들의 수군거리는 소리를 들어 보면 수일 내로 물이 끊길 것이라는 이야기가 가득했다. 휴대폰도 확인할 수 없으니 정확한 정보를 알아내기란 불가능했다. 그들의 의심이 현실이 되지 않기를 바라면서 대비를 하는 수밖에 없었다. 담을 만한 용기가 필요하다. 물을 받아 두어야 한다. 유리, 항아리, 스텐볼, 이런 것들이 좋겠다.

2021년 7월 8일.

며칠 지나지 않아, 수도꼭지를 돌려 보았지만 나오는 물은 없었다. 냉장의 역할을 전혀 하지 못하는 냉장고 안에 물은 반 컵밖에 남지 않았다. 화장실에 그릇들마다 담아 둔 물은 이미 조금씩 씻고 볼일을 보는 데 사용했다. 그래, 이 반 컵만 마시고 물을 길어 와야 한다. 물을 길어 오지 않는다면 변을 어디에 치워야 할지 고민을 시작해야 한다.

사람이 살아가는 데 기본적으로 필요한 것은 의복, 식사, 집이라고 하지만 이건 다 옛날 옛적 이야기이다. 지금의 사람들이 살아가는 데 기본적으로 필요한 것은 휴대폰, 물, 전기이다. 정말 죽을 것 같다. 답답함에 한숨만 나온다. 당장 필요한 것은 휴대폰 속의 정보다. 타는 목을 축일 수 있는 투명한 물이 수도꼭지만 돌리면 콸콸 쏟아지면 좋겠다. 뭐, 손만 까딱하면 물이 생성된다거나 사람이 물 없이도 살아갈 수 있을 만큼 진화할지도 모르겠지만.

2021년 7월 8일.

오늘은 물이 나올까 싶어, 수도꼭지를 돌려 보지만 한 방울도 흐르지 않는다. 내가 전혀 똑똑하지 못하다는 사실을 이렇게 확인한다. 조금만 더 성실하게 움직이고 머리를 굴렸더라면 화장실을 어떻게든 방비해 두었을 테다. 당장 물이 없을 때 벌어질 수 있는 상황 중 가장 심각한 상황이 화장실일 것이란 사실을 미리 예상했다면 좀 좋았을까.

요강이라도 사든 만들든 해서 방에 두었을 것이다. 적어도 배뇨감이 느껴지면 일단 참아야 한다는 이런 나쁜 생각이 들지는 않았을 것이다. 오래 참지도 못할 것이다. 몇 분만 더 있으면 다리를 배배 꼬며 배뇨감 외에는 아무 감정도 느끼지 못할 테다.

고작 '벌레' 때문에 가장 기본적으로 충족되어야 하는 욕구를 충족시키기 위해 무엇이든 해야 하는 상황이다. 생리 욕구를 충족하기 위해서라면 당장 무엇이라도 할 수 있을 그런 기세. 먹고, 자고, 싸는 행위만을 고민해야 한다는 사실에 개탄을 금치 못했다. 맛있는 것을 먹고 싶어도 물이 귀하니 헹궈 내는 것은 둘째 치고 삶거나 담가 둘 수 없다.

당장 마실 물이 귀하다.

다 먹고 나면 화장실도 가야 하는데 평소처럼 집 안에 딸린 화장실 변기에 볼일을 본다면 많은 양의 물이 필요하다. 자동으로 나오지 않으니 나는 물을 길어 와서 부어야 한다.

'어디에 볼일을 봐야….'

암담하다. 앞이 캄캄해진다. 내 땅을 가지고 있지도 않으니 땅 아래 파묻을 수도 없는 노릇이다. 지금 시점에서 할 수 있는 방법이라고는 신문지나 삽에다가 대고 볼일을 치른 후에 아무도 모르게 뒷산을 파다가 묻어 버리는 것이다. 짝퉁 요강 급이다. 뭐 담아 둘 만한 것이 없으니 가장 쉬운 방법일지도.

문제는 뒷산을 파러 가는 길에 질질 죄다 흘릴 가능성이 상당히 높다는 것이다. 뒷산이라 말하지만 이미 수년 전에 공원으로 탈바꿈하여 함부로 팔 수 없는 꽃밭을 말한다. 예전 같으면 생명들이 겨울을 참아 내고 움트는 봄날에 커다란 나무들 사이의 새로 돋은 찔레꽃 줄기를 씹어 먹겠다고 온통 헤집었을 곳이다.

지금은 커다란 나무는 볼 수도 없고 공장에서 찍어 낸 듯 간격 맞춰 딱딱 산책로를 우두커니 지키는 가로수뿐이다. 아름다운 공원으로 탈바꿈하겠다며 원래의 아름다운 뒷산의 느낌은 온데간데없이 온통 시멘트 바닥으로 탈바꿈하였다.

빛이 없는 새벽에 잘 보고 땅을 파야 했다. 시멘트를 파려고 덤볐다가 애꿎은 내 팔만 고생할 것이니. 눈이라도 밝게 당근 좀 많이 먹어 둘 것을 하는 후회도 남았다. 변을 묻기 위해 눈이 좋아야 한다.

'뭔. 다 꿈이었으면 좋을 이런 세상이라니.'

이 방법도 산 주인이라는 사람이 나타나면 시비를 다투어야 한다. 돈보다 비싼 물을 뺏거나 노동력을 착취하기 딱 좋은 그림이 된다. 사실, 관련 증서를 떼어 확인할 수도 없으니 산 주인인지 확인할 길이 없다. 물이나 식량 때문에 주먹다짐이 오갔다는 소리도 간혹 들렸다. 새벽에 아무도 모르게 내다 버려야 한다. 마음 같아선 베란다 창문을 열고 밖으로 휙 던져 버리고 싶다. 이건 마지막 남은 인간으로서의 예의이다.

나이를 먹어 가며 갖은 경험과 다른 모든 영향들로 나의 욕구는 발전하였던 것 같다. 그렇지만 이렇게 시간이 흐르다 보면 정신을 놓고 인간이길 포기할 수도 있을 것 같다는 생각이 든다. 손에 든 쓰레기를 아무도 보지 않는다는 이유로 길바닥에 휙 버리는 그 행동. 나만 배설물을 치워야 한다는 고민을 하는 것이 아닐 것이다. 손에 든 쓰레기처럼 베란다 밖으로 휙. 그런 일이 생길 수도 있을 것 같다.

극한의 두려움을 느끼면서 인간이길 점차 포기해 가는 상황. 두려운 생각이 이어진다. 괜히 죄 없는 시멘트에 발을 굴려 본다. 이런다고 깨질 일도 없다. 시멘트 아래의 흙이 꼭 내 삶과 같지 않은가. 고작 플라스틱을 먹어 치우는 '벌레' 때문에 간신히 행복을 찾으려던 내 삶을 송두리째 빼앗겼으니까.

별을 받아 정화의 삶을 이어 가던 생명체들은 단단한 시멘트 아래에 갇혔다. 고작 인간 때문에 볕조차 만끽하지 못하는 이 아래 흙들의 원망이 저주가 된 것은 아닐까. 헛생각을 이어 간다. 따뜻한 볕을 만끽하며 자신이 해야 할 일을 이어 가는 삶이었어야 했다. 지금의 상황까지 치닫고 나서야 그 생명체들의 목소리를 들은 것만 같다. 사람이 살아가기 위해서, 우리를 위해서. 다른 생명체에 대한 배려는 뒤로하고 욕구를 따르고 있었다.

인간에게서 도망치다 결국 선택. '벌레'가 아니었을까. '벌레' 그 녀석이 지구의 새로운 정화 방법으로 아주 적절하다. 그들이 배운 새로운 정화의 방법이 바로 그것이라면 인간은 그저 미안해하고 사과하며 가만히 이 고통 속에서 죗값을 치러야 하는 것일까.

사람의 입장에서 보면 우리가 그들 자연에 대한 배려를 하지 않았던 것처럼 자연은 우리를 배려하지 않았다. 이제 우리는 어떤 입장을 취해야 하는 것일까.

'아, 원래 자연과 어우러져 살았어야 하는 것인데 인간이 이기적이었던 거겠지. 그럼 뭐. 할 말이 없겠네. 원망할 수

도 없고.'

또다시 별 가치 없는 생각들을 떠올렸다. 숨가쁘게 생각을 떠올려 내다 보니 슬슬 잠이 쏟아진다. 내 배설 욕구는 변기에다가 일단 저질렀다. 밤이 짙어지면 삽으로 퍼다 날라야지.

타는 목을 축이고 싶다는 욕구도 뒤처졌다. 아무것도 하기 싫은 무기력함이 내게 찾아왔다. 이 자리에서 일어나지 말라 부추겼다. '그것들'과 달리 둥글지 않은 내 몸이 느껴졌다. 다리도 팔도 죄 쓸모가 없는 것 같았다. 기다란 내 몸을 이불 더미로 굴려 뉘고 생각에 잠긴다. 생각은 흘러 나를 옥죄였다. 잘못한 것이 하나도 없다며 중얼거려 보았다. 무엇이 잘못되었는지를 알지만 밀어낸다. 최대한. 생각들이 아까처럼 본능적인 생리의 욕구만을 집착하면 차라리 편할 것 같다.

매슬로우의 욕구 5단계 이론에서 하단에, 가장 하단에서 충족되어야 하는 '본능적인 욕구'는 살아감에 있어 반드시 충족되어야 하는 욕구이다. 반드시. 태어나 두 발로 걸은 후 생각이란 것을 하게 되기 전까지 가장 단순한 욕구인 먹고 자고 싸는 행동이 모두 충족되었다. 잘 먹고 잘 싸고 잘 자는 그 시기를 거친 것이다.

칭찬과 질타를 받아 가며 그렇게 거쳐 갔다. 내부로부터 외부까지 이 내 한 몸 건사하기 위하여 노력했다. 투명에 가까운 마음이 여러 가지 색을 끊임없이 배워 나갔다. 여러 사람들과의 관계가 형성되었다. 사람들 사이의 관계가 돈독할수록 기쁨과 안정감을 느꼈고, 좁고도 얕은 관계에 대하여 불안하다는 그 감정도 하나의 색으로 나에게 칠해졌다.

인사만 하면 친해지던 유년기와 달리, 상대에 대하여 그리고 나에 대하여 평가를 해야 하는 어른이 되어 갔다. 불안과 걱정은 잠이 든 순간까지도 수시로 떠올랐다. 이미 투명에 가까웠던 마음은 온통 여러 가지 색이 칠해져 처음의 모습을 잃었다. 생각이란 것을 조금 더 깊이 있게 할 수 있게 된 것일지도 모른다.

성장하였다. 이 성장이 긍정적인 것인지 부정적인 것인지조차 내가 아닌 다른 사람이 평가해야 했다. 성장하고 있다. 그리고 여러 사람과의 관계와 그 관계의 소속에 대한 개념에 사로잡혔다. 저 사람들과 어울려 다녀야 한다는 생각을 하게 되었다. 이 생각들이 차츰 쌓여서 지금의 나를 만든 것이겠지만, 어쨌든 그 계기는 나에게 질문을 던진 사람들이 다듬었을 것이다.

나의 생각은 꼬리를 물고 과거에 있던 일들을 떠올리게 하였다.

"안녕하세요, 혹시 학생이세요?"

설문 조사랍시고 사람 꾀어내는 그 무서운 말솜씨를 지닌 분들이 나에게 지금 필요한 것이 무엇인지 깨닫게 해 준 적이 있었다. 횡단보도의 신호가 바뀌기를 기다리던 길거리에서 마주친 그 사람들의 질문에서 '관계와 소속에 대하여 대답하지 못하면 어떻게 하지?'라는 걱정이 내게 닿았다.

조금 더 커서 만난 비슷한 부류도 내게 소속을 물어봤다. 분명 대본이 있을 것이다. 커리큘럼에 이런 내용부터 물어보아야 한다는 규정이 있는 것일지도 모른다. 교복을 입지 않은 순간부터 들은 질문은 대학생이냐는 것이다. 학생과 학생이 아닌 자, 고등학생과 대학생과 같이 사회적으로 구분된 소속을 묻는 것이 우선되었다. 그 질문에 대하여 YES 또는 NO에 대한 예상 답변과 질문들을 마련해 두었을 것이다.

"대학생이세요?"

다음은 심리 공부에 대하여 이야기한다든지 사상에 대하여 이야기를 이어 가는 언어의 마술을 보인다. 솔깃한 의식의 흐름으로 만남을 지속하고 본인들이 하는 말을 이해시키려 들 것이라는 소문이 무성했다.

아주 조금 더 자라 성인이라는 범주에 들어간 후에 들은 질문은 약간 뉘앙스가 다르달까? 약간 다르게 와 닿았다. 사실 뼈 때리는 말일지도 모른다.

"맑은 눈을 가지고 있네요. 그런데 건강에 대해 걱정되는 게 있나 보네요. 맞죠?"

세상에 대학교 졸업하고 사회에 첫발 내디딘 사람이 안 아픈 데가 없다면 그것은 감각이 무디다 못해 없는 사람일 것이다. 뭐 속단할 수는 없지만, 그렇지 않을까 하는 생각이다.

하지만, 당장 걱정에 잠 못 이루던 누군가는 그 말을 덥석 물고 고개를 끄덕이며 수긍할 것이다.

"가족들에게도, 친구들에게도 어디에도 속하지 않은 자신이 우울하다고 생각하고 있지요?"

맞다. 사회에 첫발을 내디뎠고 사회의 어딘가에 속해야만 하는 보이지 않는 규칙이 내 목에 걸려 있었다. 어떠한 친구들과 몰려다니는지, 우리 가족들이 내게 갖는 평가는 어떠한지 그런 것들이 모두 내 목에 걸려 있었다. 사람도 기계처럼 명판을 다는 것이 의무화된다면, 그 안의 내용 중 필수 규정에 소속도 속해 있을 것이다.

성명, 생년월일, 부모님 그리고 소속. 고작 몇 마디 질문에 위축되었다. 마음도 키도 모두 작기만 하던 내 모습과 참 반대되어 보였다. 아무런 악의가 없다는 눈빛과 제스처로 날 바라보고 끌어들이려는 저 사람이 너무나도 커 보였다. 무시하고 내가 가던 길을 지나갈 수 없었다. 저 사람이 악의를 가진 건지 아니면 나에게 원하는 것이 있는지 생각해야 한다.

'날 꿰뚫어 본 건가?'

하는 물음표만 동동 떠오른다. 거절을 못 하는 내 성격 때문인지 그도 아니면 뭐에 홀린 것인지, 너무나도 속이기 쉬워 보이는 얼굴 때문인 건지. 나에게 늘 말을 걸었고, 나는 따라갔다. 지금 생각하면 어릴 적 그 순간이 참 멍청하지만, 그 당시에는 무섭고 두려웠으며 나를 알아주는 것에 고마움을 느꼈다.

소속이라는 범주는 나에겐 전혀 중요하지 않던 시절이었다. 저 질문들을 꾸준히 겪을 때마다 생각이 달라졌다.

점점 커다랗게 와 닿았다. 어떻게 해야 하는지도 모르면서 말이다. 사랑해야만 하고 사랑받아야 하며 타인들과의 관계가 명확해야 하더라. 타인과의 관계는 사람들이 나를 어떻게 평가하는지, 나를 모르는 사람들에게 내가 어떻게 소개되고 있는지에 대한 평가였다. 타인이 나를 평가할 수 있을 내용을 추가해 나가야만 했다. 한 줄, 두 줄짜리 자기소개서에 들어갈 수 있는 명예에 대한 갈망으로 이어졌다.

결국은 자아실현에 대한 고민으로 이어졌다. 자신의 잠재력과 능력을 모두 확인하고 고민하고 개발하고자 하는 가장 고차원적인 욕구를 향하여 성장해 나간다. 하지만, 나의 성장은 자아실현에 미치지 못했고 소속과 명예의 욕구를 쫓아가는 것에서 멈췄다. 그 명예의 욕구가 모두 충족되고 나야, 매슬로우의 욕구 5단계의 가장 꼭대기 층을 얻을 수 있을 것이다. 뭐, 그 꼭대기 층이 해탈인 건지 죽음인 것인지 모르겠지만.

고작 '벌레' 따위가 이 모든 세상을 매슬로우의 욕구 중 1단계에 해당하는 '본능적인 욕구'에 닿게 끌어내리지만 않았다면 말이다. 다른 것은 다 필요하지 않았다. 잘 먹고 잘

자고 잘 싸는 '본능적인 욕구'를 충족하기 위하여 지금까지 쌓은 모든 지식을 발휘해야 했다. 충족해야만 한다.

먼저 물을 길어야 한다. 편의점과 마트에서 물을 사는 것은 불가능에 가까웠다. 이미 싸움판이었다. 이러다가 물 때문에 살인이 나는 것은 아닐까 싶은 불길한 생각마저 들었다. 내가 모르는 곳에선 이미 그런 일이 있지 않을까?

값비싼 보석이나 마약 같은 것을 두고 싸우는 영화를 보면 쟁탈전도 그런 쟁탈전이 없고, 사람을 죽이고 다치게 하는 것은 누워서 빨대로 물 마시는 것만큼이나 쉬운 일이었다. 거기서 보석이나 마약을 물로 바꾼다면 머지않은 미래에 내 눈앞에 펼쳐질 가장 최악의 시나리오일 것이다. 나의 역할은 '사람들 몰래 물지게를 진 지나가는 사람 1' 정도이겠지.

밤이 너무 길어서 그런가 보다. 몸이 피곤하지 않으니 잠이 오지 않는 시간도 길어졌다. 떠오르는 생각들은 자기 반성에 가까웠다. '벌레' 때문에 벌어지는 일 따위는 없던 반년 전의 내 모습을 떠올린다.

가장 먼저 와 닿은 돈의 소중함에 숨이 턱 막혔었다. 이미 돈이란 건 동전이나 종이가 아닌 통장과 카드에 찍힌 숫자가 고작이었다. 그 고작 숫자들은 나의 턱 끝까지 쫓아왔고 돈 이외의 다른 것이 소중하다는 생각은 쉬이 들지 않았다. 반년이 지나 버린 지금도 사실 마찬가지이긴 하다.

내가 돈을 좀 벌어 놨더라면, 소중한 돈으로 땅을 사 두었다면, 전원주택에 살았더라면 하는 생각들이 떠오르지만 어쩔 도리가 없었다. 뭐, 다 바라는 정도에서 그칠 뿐 아무리 열심히 살아도 그저 그런 사람이었으니 말이다. 현금이 종잇조각이 되어 버렸지만 집이 없어 속 시원하게 볼일을 볼 수 없다는 사실에 눈물이 난다.

흘러가는 대로 생각했더니 목이 메인다. 점점 더 타 들어가는 목을 축여야만 한다. 남겨 둔 반 컵의 물은 이미 마시고 없다. 컵 바닥에 깔린 두어 방울 정도밖에 안 되는 물로 목을 축이고 나머지 한 방울로 괜히 얼굴을 닦아 본다. 이미 피부에 흡수되고 남아 있지 않은 물에 괜스레 욕지거리를 뱉어 본다. 이젠 마실 물이 떨어졌다. 미리 채워 놓았다면 아쉬워하지 않았겠지.

강가에 다녀와야 한다. 강줄기를 찾으러 갈 방법이 내 튼튼한 두 다리에 의지하는 방법밖에는 남아 있지 않다. 휴대폰 어플 속의 지도가 그리웠다. 내가 볼 수 있는 것이라고는 중학교 교과서인 사회과 부도뿐이다. 저게 이미 십수 년 전에 쓰던 교과서이니 저 당시 지도로는 길을 찾을 수 없다.

'물길도 산길도 남아 있는 것이 몇이나 될까.'

어쩌다 몇 분 정도 휴대폰, 인터넷이 안되었을 때 느낀 큰 불안은 다시 될 것이라는 기대가 있었기 때문에 심장이 터질 것 같은 불안에 휩싸이지는 않았다. 가끔 요금이 밀렸거나 통신사의 문제로 몇 시간쯤 끊겼을 때에는 처음 몇 분은 미쳐 버릴 듯한 불안감에 휩싸이곤 했다. 그도 사실 잠깐이다. 이내 아 언제 되지, 금방 되겠지 하며 다른 곳으로 시선을 옮기곤 했다. 불안한 정도였다.

지금은 불안한 것에서 그치지 않는다. 다시는 되지 않을 수 있기 때문에 적응해야만 한다. 그렇지만 아무도 나를 찾지 않는 것은 아닐까 하는 생각이 문득문득 올라온다. 혹은 나를 누군가 찾고 있지만 내가 어디 사는지조차 기억하지 못해서 길거리를 헤매고 있는 것은 아닐까 하는 생각도 든다. 사실 그럴 일은 전혀 없겠지만 말이다.

어쩌다 생각이 스치면 얘는 뭐 잘 살고 있겠지, 연락이 되면 안부나 물어봐야지 정도일 것이다. 사랑했던 사람. 그녀를 찾기 위해 자연재해를 뚫고 히어로가 되는 남주가 되는 그런 일조차 없다. 나는 자의 반 타의 반으로 연애와 가까이한 것도 한참 되었으니 말이다. 불타오르던 사랑 그런 것도 없었고. 뭔 인생이 이렇게 쓸쓸하냐 할 정도로.

물을 구하러 오가던 길에 우연히 스치는 이웃들로부터 들은 소문이다. 나와 같은 시간을 살고 있는 몇몇 사람들은 그 불안함에 세상을 하직하려 했다는 이야기가 들렸다. 이런 사태가 벌어지기 전엔 인사할 생각조차 없었던 서로였지만, 갑자기 우애가 생겨나는 듯했다. 이웃사촌이라는 이름이 이제야 붙기 시작하나 보다.

나 자신에 대한 큰 용기나, 그동안 맺은 인연들과의 삶에 대한 큰 믿음이 있더라면 소문의 주인공은 내가 되었을 것이다. 그건 용기 있는 자만이 할 수 있는 일이고, 지금으로서는 그게 가장 나은 선택일지도 모르니 말이다. 나야 의지가 그다지 없는 사람이다 보니 한 이삼 일 불안해하고서는 이내 적응 완료이다. 실은 죽을 용기가 없기 때문이지만 내가 너무 작아 보이니 작은 핑계를 남겨 봐야겠다. 모르는 길을 걷는 것일 뿐이니 내가 죽음 직전에 겪을 그 불안함보다야 꽤 괜찮은 핑계이지 않겠는가.

뭐, 이 상황에서 죽음이 낫다고 여기지 않을 이유가 그다지 없다. 삶보다는 더욱 찬란할 것이라는 위안. 그렇지만 용기가 없는 나는 죽지는 못할 것이니 물을 구하러 가야만 한다. 그나마 다행은 길을 안다는 것이다. 강줄기가 이동하지만 않았다면 말이다.

이 생각 저 생각으로 흐름을 따라 이어 간 후에야 달님조차 구름에 가려진 새벽이 왔음을 알았다. 그제야 잠깐이라도 움직여야 잠을 잘 수 있을 것 같았다. 나의 아주아주 큰 노력이 내 몸을 3센티나 움직일 수 있게 했다. 이렇게나 많이 움직일 수 있다니. 나의 삶이 곧 사그라들 생각은 없는

가 보다. 새벽까지 온통 죽음에 젖어 들지는 못했는가 보다. 다시 해가 뜨고 내일이 밝으면 적당히 출발해 보기로 마음먹어 본다.

아침이 밝았다. 새들이 지저귄다. 저 새들이 한때는 희망이었다. 꼬물꼬물 애벌레를 잡아먹던 기력으로 '피나방 벌레'도 잡아먹어 주길 바랐다. 딱 그 녀석만 먹이 삼지 않더라. 콕 찍어 볼 생각도 하지 않는다. 이불 더미에 뉘었다가 몸을 못내 일으켜 본다. 벌떡 일어나지는 않는다. 잠깐 앉아서 어지러움과 마주해야 한다. 배가 고프다.

죽어야 하나 살아야 하나. 아님 실은 이게 죽어 있는 건 아닐까. 일어나 앉는 것조차 어지러운 것은 철분이 부족한 걸까, 비타민이 부족한 걸까. 생각만 한다. 다시 이불 더미 위에 몸을 누인다. 언제부터 나와 삶을 함께한 것인지 모를 만큼, 오랜 시간 체취가 묻어난 이불들이다.

배가 고프다. 곧 갈증도 밀려올 것이다. 그나마 내가 할 수 있는 일은 거리를 돌아다니며 남들보다 조금 빠르게 내게 필요한 물통 따위의 물건을 주워 왔다는 점. 보잘것없다 여겼던 손재주 덕에 여과기를 만들어 놓았다는 점.

방구석에 쌓인 이불 더미에 위에 놓인 내 몸뚱이를 바라보았다. 이불 더미와 한 몸이 되어 이 작은 방구석의 일부가 되어 본다. 이 순간 나에게 필요한 것은 따사로운 햇살 한 줄기, 시원한 바람, 푸르른 하늘이었다. 어젯밤 꿈속의 나는 한 마리의 양이 되어 들판 나무 그늘 아래 퍼질러 앉았다. 지금 모습과 환경이 다를 뿐 나의 모습은 다르지 않았다. 그러했다.

'배고픔은 참으면 되고 목마름도 참을 수 있을 때까지… 참아 보아야겠지.'

이대로 아무 노력 없이 죽어 버렸으면 좋겠다. 대학생 무렵 어떻게 해야 호상인 것인가에 대해 친구들과 술잔을 기울이며 하던 철없던 말들이 오늘에야 좀 유용해진 것 같기도 하다. 굶어 죽는 것이 아니라 '벌레' 때문에 어쩔 수 없었다는 핑계를 대면 그나마 호상에 근접할 수 있지 않을까.

이상한 생각들에게 나를 맡기다 보니 오늘 물을 구해야

한다는 생각이 멀어져 갔다. 점점 아무 생각이 들지 않아지면서 잠이 나를 덮친다. 물을 찾아가야 한다. 내 밑에 깔린 이불 더미만큼의 무기력함과 나 사이에서 아무 생각도 하지 않겠다고 다짐해 본다.

이렇게 있어 본 것이 얼마 만인가. 무엇을 이루고자 아등바등 살아왔는지 기억나지 않는다. 편안한 휴식, 자신과 한 걸음 더 가까워질 수 있는 시간 자체가 없던 삶이었다. 무기력한 것과 열심히 살지 않는 것은 다르다. 과연 이렇게 사는 것이 옳은 것일까 하고 고민해 보지만, 아무런 쓸모없는 그저 생각이었다. 변할 수 있는 것은 전혀 없다. 어디엔가 영향력이 있는 사람도 아니고 나는 그저, 그저 그런 사람이니 말이다.

창문 틈 사이로 바람 한 줄기가 내 무릎을 감싼다. 이불을 끌어 덮을까 하다가 잠들어 있는 다른 사람들보다 몇 시간 앞서서 동네를 돌 수 있겠다는 생각이 들었다. 어쩌면 살아가기 위해서 내 몸이 보인 생존 신호였을지도 모른다. 흘러 버린 반나절이 넘는 시간 동안 물을 한 모금도 보충하지 않았으니 말이다.

주섬주섬 챙겨 입은 것은, 청바지와 흰 티셔츠. 아 이젠 누런빛이 돈다. 수도꼭지만 돌리면 콸콸 쏟아지던 물이 '그것'들로 인해서 끊기기 이전에 하루만 더, 하루만 더 하면서 빨지 않은 것이니 냄새가 날 만도 하다.

이대로 동네 사람들과 마주한다면 '그것'이 내 머리나 어깨에 앉아 있어 기겁하고 도망치는 것이 아니라 날 보자마자 코를 쥐고 도망할지도 모른다. 뭐, '벌레' 때문에 어쩔 수 없나 보다 하는 인정 많은 사람도 있겠지. 같은 상황이니.

어제 낮, 베란다에서 내다본 바깥의 모습은 흡사 전쟁터였다. 굴러가는 그 어떤 것도 달갑지 않았다. 저기 굴러가는 봉지 하나에 매달린 벌레는 몇 마리나 되는 걸까. 인간의 불안은 안중에도 없이 열심히도 식사 중이신 '저것'을 보며 한가로운 나의 시간을 죽였다.

지나가는 사람들은 주위를 살핀다. 어깨 위에 떨어진 '벌레'는 보지도 못하고 바닥의 '벌레'를 밟을까 걱정되어 연신 바닥만을 살핀다. 독감 같은 무슨 질병이 유행한다고 할 때처럼 사람들이 많이 줄어들어 한산한 거리였다.

옷은 다 챙겨 입었으니 가방만 손에 쥐면 완벽하다. 나가서 무엇이라도 주워 들고 올 것이다. 지하철역 근처에서 새로 생긴 마트에서 홍보물로 커다란 에코 백을 받은 적이 있다. 홍보 전단 안의 '이 전단지를 가져오시면 선물을 드립니다!'라는 문구에 신나서 원래 가려던 길을 두고 마트로 향했다. 3만 원 이상 사야 했지만 받아 든 선물은 상호가 대문짝만하게 찍힌 커다란 에코 백이었다. 만족했다.

마트 상호가 새겨진 잉크에 플라스틱 조각을 좀 발라 두면, 벌레가 이 상호 부분을 뜯어 먹으려나 하는 실없는 생각(사실은 이 천 가방마저 뜯어 먹히면 어쩌나 하는 불안한)을 뒤로 하고 일단 챙겨 본다. 신발장 뒤 어딘가에 처박아 두고 한 번도 쓰지 않았었으니 나름 튼튼할 것이다. 비닐 백이나 커다란 장바구니도 온통 플라스틱이니 들고 나섰다가는 빈손으로 돌아올 것이다.

처박아 둔 녀석을 꺼낸다. 코가 간지럽다. 얼마나 쌓인 먼지인 것인가. 아이보리색이었던 것으로 추정되지만 지금은 회색 밤거리와 닮은 것 같다. 이 정도면 무엇이든 넉넉히 주워 올 수 있을 것이다.

냉장은 전혀 할 수 없는 냉장고 안에서 물을 꺼내 목을 축이고 싶다. 벌컥벌컥 마셔 이 타는 갈증을 해소하고팠다. 아직은 여과기를 만들지 않았으니 참아야 한다. 여과기만 만들면 화장실에 받아 둔 물도 걸러서 마실 수 있을 것이다.

이 아침을 즐기는 사람이 몇이나 있으랴. 플라스틱이 많이도 사라진 길거리에는 조각조각 유리병만 반짝일 것이다. 발이 다치지 않게 양말을 세 겹 신었다. 맨발로 벌레와 마주하고 싶진 않았다. 혹시 몰라 양말 사이에 박스를 잘라 넣었다. 나름 미학을 줘 보겠답시고 뒤꿈치에 몇 겹 더 넣어서 굽을 만들었다.

말라비틀어진 잡초를 엮어다가 짚신을 삼았다는 사람도 있던데 존경한다. 금손이다, 금손. 나는 그런 금손과는 먼 아무렇게나 자란 잡초손 정도 될 테니 양말 위에 방에 굴러다니던 천을 얇게 찢어서 발에 동여매기로 한다. 양말 사이의 박스 더미가 옆으로 밀리지 않게 고정해 본다.

세 걸음 만에 밀려 나가 다시 풀어 뒤꿈치의 굽을 내다 버렸다. 이 위에 신발을 신으니 내가 신을 신은 것이 아니라 신발에 겨우 끼워 맞춘 꼴이었다. 신발 바닥은 이미 벌레들이 야금야금 먹고 있었다. 뜀박질을 해 떨어뜨려 보지만 체력이 부족하다. 이러다 '벌레'를 맨발로 밟고 미끄러지기 딱 좋겠다. '벌레'가 징그럽다며 밟던 사람의 신발 바닥에 구멍이 났다더라 하는 카더라 소식들에 49,900원짜리 신발이 망가질까 봐 도전하지도 않는다.

여과기를 만들어서 물을 퍼다가 넣으면 그나마 마실 수 있는 물이 될 것이다. 찬바람이 슬며시 내 다리를 감싼다. 차가운 공기는 이 골목골목을 감싼다.

"뭐 조용하니 좋네."

평소 같으면 휴대폰에 눈과 귀를 모두 빼앗긴 채 목을 거북이처럼 주욱 빼고 정보의 바닷속을 유유히 헤엄쳤을 것이다. 밤새 시린 바람을 견디던 것들이 햇살에 살짝 녹아내린 새벽. 닭이 우렁차게 자신의 존재를 뽐내는 시간. 동네 강아지들의 행복한 모습들을 눈여기지 않고 휴대폰 속에 묶여 있었겠지.

월월. 왕왕. 컹컹. 헝헝. 별별 효과음이 다 들리고 이내 사람들이 나와 "조용히 해야지! 벌레 데리고 들어오면 어쩌려고 여길 나와. 어서 들어가자." 하며 데리고 들어간다. 이런 와중에도 강아지들의 부모라는 사람들은 신이 나 정신없이 뛰어다닌다.

휴대폰이 되지 않은 이후 처음으로 다행이라는 생각을 했다. 세상을 볼 수 있었다. 눈에 들어온다. 조금의 따스함을 느꼈다. 고개를 돌려 다른 곳도 바라본다. 골목의 가로수와 가로등마다 나이트나 유흥업소를 광고하던 전단지가 덕지덕지 붙었던 자리 위에 가려진 종이가 보인다. 지옥과 천국에 대한 짧은 글들이 덕지덕지 붙어 있다.

양말 안의 박스들이 온전하게 자리하지 않아 똑바로 걷지 못하고 이리 힐끔 저리 힐끔 하며 돌아다녔다. 뒤꿈치를 빼낸 것으로 소용이 없었나 보다. 거리를 돌아다니다 보니 깨진 유리병이 꽤나 널려 있다. 바닥에 떨어진 동전은 누구도 거들떠보지 않았나 보다. 카드도 몇 장 떨어져 있다. 누군가의 화와 서러움이 담긴 구겨진 흔적이었다.

물론 이 플라스틱 카드에도 벌레들은 모여 있었다. 오른쪽 왼쪽, 왼쪽 오른쪽 나에게 쓸모 있어 보이는 것을 찾아

헤맨다. '그것'들이 먹어 치우는 속도로 봐선 금방이라도 유리나 돌, 금속으로 된 것만이 남을 것이 분명할 것이다.

주위에 보이는 유리병 중에 상태가 멀쩡한 것을 찾아야 한다. 지난주에 찾으러 다녔을 때는 오줌이 가득 담긴 병이 있어서 충격받았다. 어우, 이건 못 할 짓이라고 여겨 그냥 집으로 돌아갔었다. 다음 날엔 이미 그 온전하고 더러운 병을 누군가 가져갔다.

골목을 돌아 내리막길 중간에 보이는 빈집들이 즐비해 보였다. 사람이 가득하던 동네였는데. 전기도 물도 끊기니 사람들이 피난을 간 것 같다. 폐가로 보이던 곳의 항아리, 스테인리스 보온병도 거의 사라졌다. 이 집은 비어 있던지 꽤나 오래되었는데, 여러 사람들이 다녀가고 뒤진 흔적이 있다.

커다란 철통에다가 물을 담아 가야 딱 좋겠지만 구하지 못하였으나 지금 눈앞에 있는 작은 유리병들이라도 모아 두는 것이 좋을 것 같다. 왔던 골목길을 다시 돌아가 눈여겨 두었던 작은 병들을 주웠다. 평소 걷던 길이 아니면 내가 어디까지 걸었는지 기억하지 못할 만큼의 길치이기 때문에 걱정은 되지만 지금은 병이 급하다.

발 걸음 닿는 대로 그냥 걷는다. 아무리 길치래도 귀소 본능은 강하여 계속 걷다 보면 큰 길이 나올 테니 집으로 돌아갈 수는 있을 것이다. 사용하지 않는 항아리들이 이미 폐가가 되어 버린 마당의 구석에 보였다.

'이 집이 언제부터 빈집이더라.'

수년 전, 이 집에 살던 할아버지는 할머니와 늘 손을 잡고 다니는 참 예쁜 모습으로 유명했다. 마당 가운데 작은 정원은 2층과 어슷어슷하게 얽혀 있었다. 얽혀 있는 사다리를 타고 장미 넝쿨이 옥상까지 닿았다. 얼굴이 크고 붉은 요정들이 다과회라도 하듯 장미 넝쿨마다 꽃이 피어 있었다. 어쩌다 하루는 할머니가 장미 넝쿨 아래 작은 텃밭을 가꾸고 계실 때 그 앞을 지나간 적이 있다. 할아버지는 장미를 꺾어 입에 물고 "할믐" 하고 불렀다. 할머니는 그만 좀 하라는 말과 다르게 어린아이처럼 까르르 웃었다.

할아버지와 할머니가 서로를 보는 모습이 참 고왔다. 그 모습이 보이자 가던 길을 마저 갈 수 없었다. 휴대폰을 주머니에 넣고 나를 반성한 적이 있었다. 공부도 못해, 연애도 못해, 친구도 없어. 도무지 할 줄 아는 것이라고는 밥을 축내며 조용히 살아가는 것뿐인 나를 반성하는 시간.

고운 노부부는 한날한시에 잠드셨다는 소문도 있었다. 자식이라고는 5살쯤 되어 보이는 하얀 강아지가 전부였다. 할아버지가 씻기고 말리고 자주 하셔서 하얀 강아지는 늘 뽀송뽀송 예쁜 모습이었다. 그 강아지는 지금쯤 어디에 있으려나. 내가 본 것은 장미꽃이 시들었고 다음 해부터는 피지 않았다는 것이다.

이 집 어르신들과 교류가 있던 것은 아니다. 장미꽃이 있던 자리에 꺾어 온 작은 들꽃을 얹었다. 이곳에 있는 항아리를 챙겨 가기로 결심했다. 이 작은 들꽃 다발로 노부부께 양해를 구해 본다.

갑자기 할머니의 까르르 하던 웃음소리가 생각나면서 죄송한 마음이 울컥 올라왔다. 마루의 작은 장 사이로 향이 담긴 초록색 함이 보였다. 라이터도 있다. 향 3개에 불을 붙여 들꽃 옆에 꽂았다.

'죄송합니다. 이렇게 항아리를 탐하여 갑니다. 부디 용서하세요.'

두 손 가지런히 모아 향 앞에 빌었다. 나의 죄책감이 조금 덜어진 듯하다. 이 향의 연기를 따라 다른 세상에 내 죄송한 마음이 닿기를.

항아리를 안아 들고 물길을 향해 다시 걷는다. 튼튼한 두 다리가 있으니 그래도 다른 사람보다야 나을 것이다. 왕숙천에 도착하면 이 병들을 헹구어 내고 그나마 깨끗하도록 돌이나 나뭇가지 따위로 얼기설기 여과 장치를 만들어다가 그 물을 얻어 와야 한다.

내가 초등학생 시절의 왕숙천은 아주 더러웠다. 여기저기 공장 폐수들이 합쳐지면서 수질 오염이 바로 이걸 일컫는구나 할 만큼이었다. 시대가 점점 변하고 인간의 과오를 씻어야 한다며 여과시설들이 설치되었다. 뭐, 법 때문에 어쩔 수 없이 여과시설을 설치한 업체도 있었을 것이다.

현재의 왕숙천은 바닥의 돌이 보일 만큼 깨끗해졌다. 유리병과 항아리를 잘 씻어 가져갈 수 있을 정도로. 왕숙천

물이 맑아졌으니 망정이지, 예전처럼 공장 폐수가 뒤섞인 물이었다면 냄새에 못 이겼을 테다. 물을 길어 갈 것이라고는 상상도 못했을 테다.

챙겨 온 유리병과 항아리에 물을 가득 담아 힘겹게 이고 집으로 돌아왔다. 왕복으로 3번이나 다녀왔다. 내 몸에 남아 있던 조금의 수분들이 땀이 되어 나왔다. 사실 이것도 아깝다. 내 땀도 내가 뿜어낸 물이 아닌가. 조금 모아 볼까 싶다가, 한숨을 쉬었다. 아직 여기까진 아닌 것 같아서 수건에 닦아 낸다.

이십여 년쯤 전에 배웠던 간이 정수 장치를 구현해 보겠다고 모은 재료들이다. 참, 거즈나 솜이 있으면 좋겠다. 깨끗한 천 더미라도 있으면 좋겠다. 문뜩 약국에 무엇이라도 있겠지 싶어 다시 길을 나선다.

마트들과는 달리 약국은 성역의 장소인 듯 싸움과는 거리가 멀어 보였다. 이곳을 범하려는 사람은 아직까지는 없나 보다. 약국 문을 두드려 거즈와 의료용 솜들을 구해 보기로 한다. 카드도 현금도 필요 없을 테니 이를 어쩐다 싶다.

약사님께 필요한 것들을 말씀드리고 현금, 뭐 다른 어떤 게 있어야 할지를 물었다. 돈은 필요 없고 고구마나 감자를 구해 와 주면 필요한 것들과 교환해 주겠다고 하셨다. 그 말씀에 의아했지만 집으로 다시 돌아가 고구마를 챙겨 나왔다. 약국의 의료용 솜, 거즈들과 바꾸었다.

"총각이 이 솜 뭉치를 어디에 쓸지는 모르겠으나 잘 챙겨 두고, 오래 두고 먹을 수 있는 것들을 미리 구해 놓는 게 좋을 거요. 이 사태가 몇 달이나 지속될지 모르니 저장할 수 있는 음식은 죄다 가지고 있는 게 나아요. 지나고 나면 이 고구마를 내게 준 것도 아쉬워질지 모를 테니."

솜 뭉치를 안고 집으로 돌아가는 발걸음이 뭔가 어색했다. 오래 두고 먹을 수 있는 것을 고민해야 하나. 하긴. 물이 떨어져서 이 난리를 겪었으니 더 심각한 식량전쟁이 올 수 있겠구나. 일단 이건 나중에 생각하고.

참, 굵은 자갈과 깨끗한 모래도 필요하다. 집 어딘가에 바닷가에서 주워 모은 돌들이 있을 것이다. 제각기 생긴 대로 나름 쓸모가 있을 것이라며 때 빼고 광냈다. 여기 어디에 보관한다고 놓아두었으니 찾아보기로 한다. 어디에 두었는지만 기억해 내면 된다. 물론 내 머리는 믿을 게 못 된다. 온 방을 헤집어야 끝날 그런 장소에 두었을 것이다.

나에겐 여행을 갔던 흔적으로 바닷가에서 돌을 하나씩 주워 오는 취미가 있었다. 다행이다. 내 자신이 약간 기특해졌다. 어쩌다 한 번 유랑 길에 나설 때면, 그곳에 다녀왔다는 증거를 남기고 싶어 그 동네의 조그마한 돌을 하나씩 챙겨 왔다.

전세방이 아닌 진짜 내 집을 갖게 된다면 식탁 안쪽을 지도 모양으로 파서 모래나 돌들을 각 지역 위치마다 알맞게 넣어 전시하는 것이 나의 목표였다. 혹시라도 복권이 되어 내 집이 생기면 바로 시작할 일이니 돌아다니면서 조금씩 모래며 돌이며 가져와 조그만 집 구석을 채워 나가고 있었다.

오늘 하루가 참 길었다. 새벽 무렵 길을 나서 커다란 에코 백에 유리병들을 주웠고 커다란 항아리도 챙겼다. 물도 길어 왔다. 내가 가진 조금 뿐인 고구마와 약사님이 가지고 계신 거즈와 의료용 솜을 교환했다. 이 중에 조금의 플라스틱도 있어서는 안 된다. 조금의 플라스틱이라도 있는 날에는 내 방이 온통 먹이로 보일 테니 말이다.

빌라에 들어서기 전에 나무 뒤에 숨어 실오라기 하나 없는 태초의 모습으로 돌아간다. 걸쳤던 모든 것을 팡팡, 힘주어 털어 내고 부디 벌레가 붙어 있지 않기를 바란다.

머리카락 사이에도 '이'처럼 끼어 있지 않도록 최대한 털어 낸다. 누군가 보면 경찰에 신고할지도 모르니, 주섬주섬 입고 계단을 오른다.

'휴대폰도 공중전화도 연결되는 곳이 없으니 경찰서에 신고할 사람이 없겠구나.'

이건 조금 다행인 것 같다. 변태는 아니지만 오해받을 아주 완벽한 상황이니까. (가끔 옆집 할아버지께서 베란다에 얼굴을 내밀고 놀리실 때도 있긴 하다. 원숭이라고.)

준비한 재료들을 층층이 쌓아서 물을 길어다 여과할 것

이다. 맨 아래에 구멍을 뚫어 거즈, 솜, 거즈, 면보, 잘게 부순 숯, 굵은 숯, 여러 번 헹구어 낸 고운 모래, 중간 굵기의 모래, 바닷물에 동그랗게 깎인 자갈들을 넣어 여과 장치를 만들었다.

손만 씻는 물은 이 여과 장치를 타고 내려온 물을 그대로 쓸 수 있게 일부 덜어 내고, 남은 물을 팔팔 끓여 수증기를 얻어 내도록 엮었다. 끓였다가 식은 물은 세수하고 샤워할 때 사용하려 한다. 꿈은 참 거창하다. 그래도 물을 마실 수 있다는 게 얼마나 대단한 일인가. 나에게 칭찬의 말을 아낄 수가 없었다.

물을 모아다 남을 줄 것도 아니고 고작 혼자 살아가는 데 많은 양은 필요하지 않을 것이나, 이것을 얼마나 써야 할지 모르니 온갖 재료들을 끌어 모아다 비축해 놓아야만 한다. 사극에서나 볼 법한 일들을 내 손으로 직접 하게 될 것이다. 연잎 위에 맺힌 이슬, 대나무 잎에 맺힌 이슬 따위를 모아다 귀한 차를 만든 것처럼, 앞으로 매일 아침 창밖에 매달아 둔 유리 조각 위에 물방울이 맺혔는지 확인하기로 한다.

물 한 방울이라도 어떻게든 얻어 보겠다는 욕심이 나를 참 똑똑한 사람인 척할 수 있게 해 주었다. 나의 지금 상황이 모두 꿈이길 바라지만, 만약 깨어날 수 없는 현실이라면 적응하여 살아가는 방법을 찾아야만 한다. 새로 태어난 사람처럼, 두리번거리다 다른 사람들이 움직이는 방향으로 한 걸음 한 걸음을 조심스레 떼어야 한다.

대형 여과기를 만들 줄 아는 사람은 말 그대로 물 공장을 차렸다는 소문도 있다. 내가 집에 여과 장치를 만들었다는 게 소문이 나면 안 된다는 증거이기도 하다. 대형 여과기를 만들어 물 공장을 차린 사람들은 물을 대가로 보디가드를 고용했다는 재미난 소식도 있었다. 누군가 자신을 죽이고 여과기를 가져갈까 봐서란다. 이렇게 어수선한 세상이다 보니 서로를 믿을 수가 없는 것이다.

물 한 병에 사과 한 개가 오갔다. 물 다섯 병에 닭 한 마리가 오갔다. 어차피 물이 없으면 더 키울 수도 없는 닭이기 때문에 헐값을 받더라도 죽어나기 전에 팔아야만 했다. 물이 있어야 먹을 것이 생기는 상황이 되었다. 국가의 허가를 받지 않은 물 공장이지만 지금 당장은 저들이 파는 물이 최고의 가치였다.

물 공장의 간부들은 언제 어느 시점에 가격을 올려 어떤 물건으로 받아야 할지 고민했다. 닭과 병아리들을 받은 것으로 덜 걸러진 물 찌꺼기를 줘 가며 키울 수 있는 환경이 되었기 때문에 먹는 것도 나쁘지 않은 상황이 되었다. 심지어 직원들에게 돈을 줄 필요가 없어졌으니 물 공장의 간부들은 조용히 미소를 띠었다는 후문이다.

부르는 게 값이라고 사과 한 개 값이 사과 5개로 변하는 것은 일주일이 걸리지 않았다. 그나마도 이 주변의 동장들이 우두머리가 되어 동네를 오가는 사람들에게 의견을 물었다. 자신과 같이 일을 하는 분들은 머리를 맞대며 나라의 녹을 먹은 사람이라고 자신들을 따라 달라 소리쳤다. 거래 금액이 안정화될 수 있도록 제재를 가하겠다는 말이다. 중앙정부의 소식을 듣기 쉽지 않은 상황이다 보니 마을별로 결정되었다고 한다.

다른 동네는 동장의 위세는 하늘을 찍어 스스로를 '청백리'라 일컫는 거짓된 사람이 나타났다고 한다. 나라에서 발

급되는 문서 또한 위조·날조되어 사방팔방에서 나타났다. 물과 음식을 얻기 위하여 사람들은 혈안이 되어 간다. 무슨 21세기가 아니고 19세기 이전으로 돌아간 것처럼 사람들은 홍길동을 기다렸다.

다행히도 우리 동네의 물은 값어치가 더 치솟지는 않았다. 사실 아직은 버틸 만하다고 말하는 게 맞다. 시장이 수영장 필터를 사용했기 때문이다. 청소년수련관 수영장에 사용되는 여과시설이 최신식이다 보니 바닷속 미세 플라스틱을 걸러 준다는 필터를 사용한다고 했다.

버텨 봤자 앞으로 얼마나 버티겠나 싶지마는 아직까지는 구리시장과 그 밑에서 일하는 수많은 공무원들이 나쁜 마음을 먹지 않았다는 사실에 감사하더라. '벌레'는 퍼질 대로 퍼졌고, 정부의 대책이 언제 수립될지도 언제 공표될지도 알 길이 없다. 그렇기 때문에 초초한 사람들이 앞장서 정리를 하고 있는 것이다.

고작 '벌레' 때문에 사람들의 모든 삶은 송두리째 바뀌었다. 황사야 입을 가리고 공기청정기를 가동하는 것으로 임

시방편 삼았지만, 지금처럼 모든 의식주가 위협을 받아 버린 상황에서는 그 누가 올바르게 살아가는지 모르겠다. 사람들이 생존에 대한 걱정을 하지 않기 전만 해도 그 얼마나 평화로웠던가.

인간이 자연에게 건넨 재앙은 투명한 벌레로 하여금 돌아왔다.

투명한 봄.

우리는 몇 번의 계절을 건너야 투명한 봄을 맞이할까.

아홉 번째.

살아남은 시대

2021년 06월 01일.

난 죽고 싶지 않았다. '벌레'로 인하여 허망하게 죽고 싶지 않았다. '그것'들도 마찬가지였을 것이다.

지금 내 주위에 살아남은 사람 중 세상을 구하려는 역사(力士)나 영웅hero은 없었다. 살아남은 내가 할 수 있는 일은, 보고 듣고 겪은 삶과 함께 내일의 아침이 밝아 오길 조용히 기다리는 정도. 이게 모두 꿈이었다는 그런 해피엔딩이 다가오길 바라는 정도. 그게 다였다.

오히려 예전의 흙과 물과 돌에 새겨서라도 자신의 행보를 남기려던 시기로 퇴보해야 하는 순간이기에 더더욱 그들이 기록하는 역사는 훗날 빛으로 남지 않을까 하고 생각해 본다.

역사 속의 우리가 앞으로 어떻게 기억될지는 저들의 손에 달린 것처럼 거대해 보였다. 역사 책에 남아 있는 석기시대, 청동기시대, 철기시대의 구분과 같이 후대는 우리를 구분 지을 것이다. 우리가 그 시기를 살진 않았지만 우리의 선조가 지내 온 시대에 이름을 붙였듯 말이다. 아마 지금의 우리 세대를 한참 후의 누군가가 본다면 이렇게 구분하지 않을까.

500년도 되지 않는 이 짧은 시대가 저마다 쪼개져 각각의 이름을 가질 것이다. 이렇게 빠르게 바뀌어 버린 시대에 붙는 이름. 기계의 시대, 혁명의 시대, 핵의 시대, 컴퓨터 시대, 플라스틱 시대 이런 식으로 말이다. 내가 부여한 명칭에 불과하겠지만 혹시라도 내 이야기를 본 후세의 누군가는 이렇게 전하지 않을까?

[살아남은 시대]

이렇게 휩쓸려 버린 '벌레'와 함께하는 삶이 시작되었을 때 읊조린 첫 번째 말은 "살았다."였다. 인간을 먹는 벌레가 아닌 것에 감사해야 하나 싶은 생각에 짧은 탄식을 내뱉지만, 정작 머릿속에 동동 떠오르는 말은 내가 아니라 다행이라는 것이었다.

그다음 느껴진 것은 살아 봤자 할 수 있는 것이 없다는 고통이었다. 분명 나 이외의 사람들도 나와 같은 말을 조용히 읊조리며 미쳐 가고 있을지 모른다.

나만 이곳에 살아남은 것은 아니다. 분명 나와 같이 그저 살아남아 괴로움을 오롯이 겪고 있는 사람이 있을 것이다. 그렇게 생각하고 있는 지금이 덜 외로울 것이다.

저기 어딘가 산골이나 오지에는 이 힘든 상황을 겪지 않는 이들이 있지 않을까. 그런 곳이 남아 있긴 할까? 그곳이 어딘지 찾아내 당장이라도 그리로 가고 싶다. 그러나 혹시나 전염병처럼 내가 그곳에 '벌레' 그 녀석을 옮겨 갈까 봐 집에 틀어박혀 있어야 했다.

내가 쏟아 내는 이야기의 주인공인 '벌레' 그것에 대하여 자세하게 설명할 수는 없었다. 이럴 때 화학이고 물리고 생물이고 하는 그런 과목들을 꾸준히 잘 배워 낸 사람들이 대단하다는 것이 아주 확 느껴진다. 들어도 이해하지 못할 공식이나 용어들이 가득한 뉴스들이었다. 내가 제대로 이해한 것은 직접 겪은 것, 스치듯 본 것들과 주변 사람들의 카더라, 뉴스에서 흘러나오는 문구들이 전부였다.

내가 전문가인 것도 아니고, 자세히 설명할 수 있는 능력조차 없지만, 그 부분은 전문가들의 멘트로 채워질 것이니 부담을 덜고 내뱉어야겠다. 저것들을 이해할 수 있을 만한 똑똑한 분들이 어떻게든 해 주겠지 하면서.

나는 내가 남은 이곳에서 앞으로 살아갈 방법을 어떻게든 생각해 내야만 하는 상황이 되었다. 고작 '벌레' 그것에 대해 많은 정보가 필요했다. 퇴치나 그들의 먹이가 될 만한 것들을 집에 둘 수가 없으니 말이다. '그것'에 대한 이야기를 듣고 싶지도 않았지만 알지 않으면 대처할 수도 없었다.

평상시 같으면 횡단보도 근처를 서성이며 아무나 부여잡고 "예수 믿으면 천국, 아니면 지옥"을 외치던 사람들이 다른 말을 외친다.

"벌레가 망친 세상, 예수께서 피신시켜 주실 것이다! 예수께서 천국으로 인도할 것이다!"

평상시 같으면 혀를 끌끌 차고 그저 스쳐 지나갔을 사람들은 잠깐의 화를 참지 못하고 성난 황소가 되어 그들과 부딪힌다. 물론 그들이 맞을 수도 있다. 자연이 고통을 표현하는 방식을 인간이 못 알아듣는다면 신을 빌려 말할 수 있을 것이다. 그렇다면 저들이 말하는 신이 노했다는 이야기는 일맥상통할 것이다. 그 해결 방법의 차이일 뿐.

"야, 씨, 인생 그 따위로 살지 마, 인간아! 예수는 개뿔. 휴대폰을 살려 내도 모자라는 판국에 무슨 예수야! 사람이 만들어 낸 벌레라던데 사람을 벌하겠지 피신을 시켜 주겠느냐고 이 인간아!"

이미 모든 말에는 '벌레'가 있었다. '평상시에', '평상시 같으면'이 붙는다. 지금은 평범하지 않은 상황이 분명하다. 한두 사람의 놀라움과 불편함에서 그칠 일이 아니었다. 많은 사람을 죽음으로 몰고 간 전염병 같은 상황은 아니지만 많은 사람을 미쳐 가게 했다. 대수롭지 않을 줄 알았던 벌레의 등장은 사람을 정신적으로 피폐하게 만들었다.

"'벌레' 새끼가 출몰한다! 당장 불을 질러 버려야 한다! 저걸 죽여! 아악!"

"오, 주님께서 노하셨다. 기도하지 않으면 지옥불로 떨어지리라!"

"공양미를 바치지 않아 생긴 지옥 불이다!"

"부처님이 노하셨다!"

수십 가지 소리가 뒤엉킨다. 한 사람의 소리가 아니다. 저들은 미쳐 버린 것이다. 진짜 종교인들은 자신과 자신의 이웃들을 구하려 노력하고 있지, 저렇게 소리나 빽 지르고 있지 않았다. 그만큼 세상이 무서워할 대상이 생긴 것이다.

그저 나도 골목 이웃들처럼 소리 지르며 미쳐 버리는 것이 차라리 나을 수 있지 않나 싶지만, 그 또한 하늘의 뜻인 것인지 쉽사리 되지 않았다. 하루가 새로 시작될 때마다 읊조렸다. 나는 미쳤다고. 이것은 모두 꿈이다. 꿈속에서 꿈을 꾸는 중이라고.

그렇게 수도 없이 외쳐도 보고 눈을 감아도 보았지만 별 소득은 없었다. 배가 고파졌고, 물이 마시고 싶었다. 수도꼭지를 돌리면 콸콸 쏟아지던 물이 그리웠다. 이게 끊긴지 며칠이나 지났는지 모르겠다. 이미 망해 버린 세상이다. 만들어 둔 여과 장치를 어떻게든 사용하기 위해 이틀에 한 번은 항아리를 들고 나가서 물을 길어 왔다. 이렇게 해서라도 살아남아서 내가 할 수 있는 것은 무엇일까. 내 생명이 여기 붙어 있는 이유는 대체 무엇일까.

사람들은 병이 들어도 쉽사리 죽지는 않았다. 지금 살아남은 사람들은 저마다 이전 세대로부터 물려받은 지식으로 살아왔다. 물려받은 지식, 지혜와 힘으로 축적한 부를 유지하기 위해 충분히 고민한 자만 살아남는 그런 시대이다. 펜과 종이로 이루어진 시대를 지나 우리는 온갖 기계에 둘러싸인, 컴퓨터와 휴대폰으로 이루어진 시대를 살아가고 있었다.

이 사람들 중 일부는 미쳐 죽어 가고 있다. 지금까지의 사망자 중 일부는 투명한 벌레에 놀라서 심장마비로, 뒷걸음질 치다 교통사고로, 마실 물이 없어져 이웃 간의 싸움으로 발생했다고 전해진다.

눈 돌리는 곳곳이 플라스틱으로 둘러싸인 시대의 종말이 다가오는 중이었다. 그 시대의 종말이 지금 내 눈앞에서 시작되고 있던 것인지도 모른다.

아, 이렇게 생각을 이어 가다 보니 아뿔싸 내가 하려던 게 뭔지 잊었다.

'가만있어 보자. 휴대폰에 메모가 있을 텐데….'

왼쪽 엉덩이에는 늘 네모난 휴대폰이 자리했다. 아무리 더듬어도 없다. 오른쪽도 왼쪽도 없고 앞 주머니에는 이어폰뿐이다. 휴대폰도 없는데 이어폰은 언제 왜 챙긴 걸까. 습관. 그래, 습관일 것이다. 쓸모없다. 뭘 하려던 건지도, 이어폰이 왜 여기 있는지조차도 기억나지 않는다. 다 귀찮아진다.

나의 잘못은 방관 정도에 속하지 않을까? 아, 방관은 바라만 보고 아무것도 하지 않은 것이지. 나 또한 모두와 같이 플라스틱 컵, 비닐, 빨대 등 아주 편리한 것들을 너무나도 사랑했고 늘 사용해 왔었다. 나도 이 세상의 죄인이었다.

죄책감에서 벗어나 지루해질 틈이 있으면 좋겠다. 내가 보던 세상은 온통 빛바랜 세상이었다. 바빴다. 먼지가 자욱하게 드리웠고. 오늘을 어떻게 살아남아야 하는 것일지 그저 한숨이 재가 되어 바닥에 쌓였다. 물걸레질을 해도 도통 지워지지 않는다.

내 두 눈은 자꾸만 흔들린다. 딱히 무엇인가를 보고 있어야 한다거나 무엇을 보고 생각을 해야 한다거나 하는 그런 마음이 들지 않았다. 평소라면 멍하니 바라볼 수 있는 벽지 위에 바퀴벌레를 잡았던 자국 하나가 자꾸만 불안하다.

'아무런 방비도, 대책도 없어도 되는 날이 오지 않을까.'

더 많은 날들에 대해서 생각을 했다. 낡아빠진 나의 생각은 이미 수많은 사람들의 머릿속을 지나갔던 생각일 것이다. 그 오랜 생각들이 먼지 구덩이 속에서 살짝씩 기어 나와 나 여기 있소 하고 소리칠 때마다 억지로 재미있던 생각들을 떠올려 본다.

우스운 자세로 훌라후프를 하다가 떨어뜨렸다. 같이하던 친구와 깔깔거리며 즐거워했다. 훌라후프를 열심히 돌렸는데 같이하던 친구가 나를 놀리려 깔깔거렸다. 기분이 상해 버렸다.

마음을 가다듬으려 차를 마시기로 했다. 주전자에 물을 끓여 따뜻하게 꽃 차를 피웠다. 또다시 기어 나온 먼지가 나를 얼룩지게 한다.

마음을 가다듬기 위하여 주전자에 물을 끓여 따뜻하게 피운 꽃은 이미 제 생명이 없었다. 껍데기만 말라 버린 저 혼자만 꽃이었다.

2장

누군가의 책임

첫 번째.

풍경 너머 흐른 소리

2022년 02월 06일.

몇 개월간 한 번도 열지 않았던 베란다 창문에 손을 댄다. 이 문을 조금만 힘주어 열면 시원한 바람이 들어올 것이다. 완전 무장하고 나가던 문밖의 세상을 조금 더 가까이서 느낄 수 있다.

그동안 열지 않았다. 그들이 내가 숨기고 아껴 둔 것들까지 모조리 먹어 치울 것 같아서였다. 저것들이 마음만 먹으면 전기 콘센트가 있는 벽을 타고 들어와 다 먹어 치울 것이다. 더 이상 내 집에 남아 있지 않았지만 두려웠다.

기자님의 방문으로 나의 기억들을 정리하다 보니, 조금

은 아주 조금은 용기가 생겼다. 왜 하필 나는 살아남아 있는 건가 하던 우울한 생각들도 점차 옅어져 갔다. 나의 쓸모에 대한 생각은 작은 용기로 바뀌었다. 나의 용기는 아주 하찮고 단순하다. 오늘은 창문을 열어 보는 것 정도로 하겠다. 창문을 열어 본다.

몇 개월간 환기조차 하지 않고 살았다. 아프지 않은 게 다행이다. 내 나이보다 오래된 집이라 그런가, 벽 바람으로 자연스레 환기가 되었나 보다. 아니면 내 체력이 나쁘지 않았을지도. 베란다 창문에 대고 있던 손을 움직여 본다. 이 오래된 집의 장점이라면, 창틀이 모두 나무로 되어 있다는 점이다. 예전엔 벌레가 갉아 먹고 들어오면 어쩌나 하고 고민했다. 그나마 '피나방벌레'가 들어올 수 없다는 사실에 새삼 이 낡은 집이 고마웠다.

'베란다를 열까, 말까.'

하고 고민하며 창에 손을 올렸다. 골목의 끝자락에 작은 화단이 보인다. 상상 속의 나는 주저앉아 흙을 만지작거린다. 나는 작은 화단에서 일어나 골목을 돌았다. 건너편의 놀이터 모래밭에서 두껍아 두껍아를 외치며 나이를 잊었다. 그런데 즐겁기보다 생소하기만 하다. 단단한 바닥이 아닌 흙바닥. 그저 상상. 내 오래전 기억에 있는 놀이터였다.

그 골목길은 온통 공사장이었다. 동네 놀이터였던 곳의 흙은 빛을 볼 수 없게 되었다. 시간이 지나며 점차 그 차가운 건물 아래의 기름진 땅은 기름졌던 과거형 땅이 되었다. 제 몸이 기억하던 파란 하늘을 잊고 네모진 어둠에 갇혀 버릴 것이다.

깊은 밤 풀벌레와 함께 놀던 그 공간을 모두 잃었다. 제 몸을 뉘었던 시간에 비하면 보잘것없을 짧디짧은 시간 동안 갇히는 것이지만 그사이 흙은 자신의 모든 것을 잃었다. 그 모습까지 상상하고 다시 나의 베란다로 돌아왔다.

빗물도 낙엽도 겨울에 얼어 버린 먼지들도 청소를 한 적이 없어 꽤나 빽빽해진 문이다. 힘을 주어 열어 본다. 삐그덕하는 나무 틀 부딪히는 소리와 함께 창문이 열린다. 풍경에 바람이 닿는다. 맑은 소리가 닿는다. 그동안 음악 소리도 듣지 못해서였을까, 풍경 소리는 마치 오래된 MP3

플레이어에 담긴 노래 같았다.

기와집 처마 끝에 풍경을 달듯 베란다 밖에 달아 두면 너무나도 시끄러울 것 같아서 베란다 안쪽에 달아 두었었다. 바람이 살짝 닿았을 때 맑은 풍경 소리가 그윽하게 울리기를 바랐다. 풍경 소리와 함께 나의 하루는 행복인 것으로 하겠다는 마음에 달아 두었던 것이다.

이 집에 처음 이사 올 때가 딱 그런 마음이었다. 우중충한 나의 인생에 바람이 살짝 불어 맑은 하늘을 볼 수 있기를 바라던 때였다. 이 소리를 들을 수 있는 것이 새삼 다행이라는 기분이 든다. 작은 새 모양 도자기 풍경. 뾰로롱 하고 날아서 내 머리 위에 앉은 것 같은 시원하고 가벼운 바람이 닿는다. 아직 나는 살아 있는 것이 맞는가 보다.

이 베란다를 열어도 되나 고민한 나를 쥐어박고 싶다. 이 정도 용기를 내는 것도 한참을 고민하니 말이다. 다시 안으로 들어가기 위해 인상을 쓰고 투명한 벌레들이 혹시 들어오지 않았나 하고 찾아야 하지만 나쁘지 않을 것이다. 은은히 울리는 풍경 소리를 들으며 예전 추억에 잠시 잠겨 있을 수 있다.

갑자기 찾아온 선물 같던 기자님의 방문 덕분에 살아 있다는 것을 느꼈다. 그의 이야기들은 내가 만난 벌레와의 기억 말고도 여러 사람들의 이야기를 함께 떠올리게 하였다. 당시의 나의 보잘것없는 생각이 하나둘 눈앞에 깔린다. 그 기억 중에 내가 구한 목숨이 있었다는 사실을 되새겨야 한다. 자꾸 좋지 않은 생각들이 밀려와 언제나처럼 나를 괴롭고 어지럽게 하기 전에 말이다.

'그래. 내 기억들의 일부는 행복이었다.'

따뜻함이 한 조각 즈음 있었으리라 생각한다. 과거란 주욱주욱 찢어 태워 버려야 할 그런 후회들만이 남아지는 것이라는 오래된 나의 생각을 잊어야만 한다. 풍경 소리를 따라 넘나드는 나의 기억들에서 조금 더 나은 기억들을 골라 본다.

물을 걸러 낼 줄 아는 자랑스러운 나의 모습. 마실 물을 나눈 덕분에 혼자가 아니었던 지난 몇 달. 내 사랑스러운 조카와 조카의 친구들. 봉사 활동 가던 요양원의 할아버지.

인형을 만들던 그녀. 벌레를 만나기 전의 아주 평범하던 일상이었다. 풍경 소리는 따뜻한 그날들을 기억하게 했다.

그리고 그 벌레 녀석들이 어디에서 온 것인지 짐작할 수 있었다. '피나방벌레'는 바다에서 태어났을 것이다. 물을 타고 전 세계에서 동시다발적으로 나타났으리라. 나처럼 그냥 일상일 뿐이라고 대수롭지 않게 넘긴 사람들이 있어서 그 출처를 찾기가 어려웠던 것이었다.

'피나방벌레'를 만나기 전의 아주 평범하던 일상은 사실, 평범하지 않았다. 가장 연약한 사람들이 발견했고 그걸 인지하지 못한 것이 문제였다. 인지하지 못하고 대수롭지 않게 생각한 사람에는 나 또한 포함되었었다.

두 번째.

어린이집

2021년 02월 03일.

풍경 소리. 처마 끝에 매달려 하늘을 헤엄치는 물고기들은 저마다의 색을 뽐내며 맑은 소리를 냈다.

강릉의 한 어린이집. 어린이집 아가들이 직접 빚은 찰흙 덩어리들은 도자기로 구워졌다. 조막만 한 손으로 꾹꾹 눌러 빚은 물고기들이 하늘을 날며 꿈을 꾸나 보다. 어린이집 한편 놀이터에는 아이들의 꿈이 담긴 풍경 소리가 울렸다. 세상에서 가장 귀한 다섯 살짜리 아가를 만나러 향했다.

인정하고 싶지 않지만 나와 퍽 닮은 못생긴 누나의 하나뿐인 사랑스러운 아들. 내 조카 승빈이는 세상에서 모든 사랑은 다 끌어다가 가지고 있는 것 같은 예쁜 천사이다. 누나와 함께하던 어린 시절을 생각하면 승빈이의 사랑스러움은 온통 부계 쪽 유전일 것이다.

자형이 누나를 귀하게 여기면서 예쁘다, 예쁘다 할 때는 정말 저분의 시력이 궁금할 정도였다. 누나는 못생겼다. 저렇게 못생긴 누나가 낳았다는 것이 믿기지 않을 만큼 승빈이는 세상에서 가장 귀하고 예쁜 모습으로 자라났다.

누나가 승빈이를 데리러 오는 시간은 일 마치고 바로니까 6시 반 정도 될 것이다. 누나보다 일찍 도착하여 승빈이의 모습을 보기로 한다. 여섯 시에 맞춰 도착하면 어린이집에서 승빈이와 즐거운 시간을 보낼 수 있을 것이다. 어린이집에서 얼마 떨어지지 않은 바닷가로 향했다.

바닷가는 나의 학창 시절 모습과는 많이 달라져 있었다. 더 깨끗하게 탁 트인 기분이었다. 중간중간 모래 위에 설치된 조형물들은 연인들, 가족들끼리 사진 찍기에 좋은 모습이었다. 파도가 철썩거리는 소리는 잠시도 멈추지 않았다. 어린아이가 된 듯 까르륵거리는 사람들의 소리와 파도

소리의 합주는 완벽했다.

차에서 꺼내 온 박스를 펼쳐 그 위에 앉았다. 파도와 가장 가까운 곳이었다. 부서지는 파도가 손에 닿을 듯 말 듯 했다. 파도에 형체가 있어서 잡을 수 있다면 좋겠는데 싶었다. 반짝이는 모래알은 단 하나도 같은 색깔이 없었다. 손바닥으로 모래를 꾹 눌러 본다.

모래 질이 바뀐 걸까. 뭔가 폭신하고 말랑한 기분이다. 손바닥 모양이 그대로 남길 기대했는데 눌렀다가 다시 살살 올라온다. 모래 알갱이들이 공기를 잔뜩 먹는 걸까.

바닷가까지 와서 푸른 바다와 시린 바다에 집중하지 않고 내 눈앞의 파도와 모래에 집중했다. 시간이 사라진다. 잠깐 앉았지 싶었는데 알람이 울린다. 툭 털고 일어나 승빈이에게로 향한다.

사랑스러운 조카는 자신이 받는 사랑을 늘 나눠 주고 싶어 하는 그런 아이이다. 누군가가 자신을 예쁘다 귀하다 여기는 것이 보이면 고마운 마음을 표현하고 싶어서 어쩔 줄 몰라 한다.

어린이집 앞을 꾀죄죄한 아저씨가 어슬렁거려서 당황하

셨나, 선생님 한 분이 나오셔서 물어보신다. 매일 오는 사람이 아니니 다 기억할 수 없을 것이다. 물음에 답하기도 전에 승빈이가 빼꼼히 쳐다보더니 나를 알아보고 달려와 안겼다.

"삼촌!"

승빈이는 다급하게 선생님에게 우리 엄마 동생이고 승빈이네 삼촌이라고 자랑스럽게 외쳤다. 아직도 내 이름이 삼촌인 줄 알고 있는 조카이다. 엄마 동생이고 이름은 삼촌이고 자기 친구라고 주위를 방방 뛰어다닌다. 승빈이는 아직 집에 가지 않은 자기 친구들까지 불러와서 우리 삼촌이라며 자랑한다. 어린이집 선생님께선 아이 부모님께 연락받은 게 없어서 연락받으면 승빈이 짐 챙겨 오겠다며 양해를 구하셨다.

그렇지. 모르는 사람한테 우리 승빈이 바로 보내면 안 되지. 선생님께 감사하다고 고개 숙여 인사했다. 깜짝 놀라게 해 주려 온 것이라 승빈이랑 같이 누나를 기다려도 되는지 확인받았다. 놀이터 구석에서 승빈이와 노는 시간을 갖기로 했다.

이 사랑스러운 조카 녀석은 자신을 자랑스럽게 여긴 적 없는 나를 최고라며 자랑한다. 이 조그마한 아이를 위해서라도 자랑스러운 삼촌이 되고 싶다는 생각이 들었다. 나는 여전히 작고 작은 달팽이였다. 조카는 내 작은 등껍질을 알록달록 칠해 주었다.

나와 승빈이가 놀이터 한구석에 앉아서 떠들고 있으니 낯가림이 없는 승빈이 친구들이 다가와 말을 건넨다. 승빈이는 삼촌이 데리러 와서 부럽다는 친구, 자기도 삼촌 있다고 자랑하는 친구, 자기는 삼촌 없다며 울어 버리는 친구도 있었다.

오늘 오전에 바다 소풍이 있었다며 저마다 바닷가에서 주워 온 조개 껍데기, 보석같이 빛나는 돌들을 자랑하는 시간도 생겼다. 저 조그마한 손과 발로 세상을 만지고 돌아다니는 것이 마냥 기특했다.

그중 하늘이라는 아이가 가장 맑은 웃음을 보였다. 하늘이는 인어공주에 나왔던 조개라며 나에게 내민다. 아이는 소중한 것이라며 내 눈 아주 가까이 들이밀어 보여 주고 아주 빠르게 자기 주머니에 도로 넣었다.

이 어린 친구에게 그거 이상하다며 '줘 봐'라고 하면 뺏는 것인 줄 알고 울까 봐 생각을 접었다. 조개 속에 진주알 같은데 투명한 그런 신기한 것이 들어 있었다. 알을 깨고 요정이 나올 것이라며 까르륵 웃었다.

"요정이 엄마랑 하늘이랑 꼭 맞는 예쁜 사랑을 오래오래 하게 해 줄 거야."

이게 어떻게 다섯 살짜리의 멘트란 말인가. 감탄이 절로 나온다. 내 조카 승빈이가 세상에서 가장 귀엽고 사랑스러운 건 맞지만 하늘이를 옆에 두니 살짝 승빈이의 눈치를 보게 된다.

하늘이는 아역배우가 되어도 손색이 없을 만큼 사랑스러운 아이이다. 비교를 하게 된다. 우리 승빈이는 온몸으로 애교를 부리는데, 하늘이는 말투까지 시를 읊는 것 같다. 얘 다섯 살 맞나?

하늘이는 도로 넣었던 조개를 다시 꺼낸다. 다른 사람들의 관심이 집중되자 옆으로 살짝 돌려 몰래 확인한다. 순간 움찔. 아주 조금. 조개 안의 투명한 알은 움직인 것 같았다.

나는 승빈이를 따라 쪼그려 앉아 있던 상태라 다리에 쥐가 나기 직전이었다. 하늘이 노래지고 다리가 저려 왔다. 더 이상 승빈이의 친구의 모습을 보면서 감탄할 수가 없었다. 아이들과 즐거운 시간은 좋지만 양반다리 하고 앉아서 눈높이를 맞추는 것이 아니라면 힘겨웠다.

때마침 어린이집의 문이 열렸다. 벌떡 일어나 열린 문으로 어떤 아이의 부모가 도착했는지 확인한다. 오후 늦은 시간이다. 아이들의 부모는 일을 마치는 대로 아이에게 달려와 안아 주었다. 하루 종일 시름하던 것들이 모두 날아가는 시간일 것이다.

품에 두고 함께하면 좋겠지만 세상은 그렇게 행복하게 살도록 내버려 두지 않았다. 하루 종일 무엇을 위해 살아가는지를 기억할 수 없을 만큼 바쁘게 일하다가 해가 떨어진 후 가까스로 가족의 품으로 돌아갈 수 있는 게 현실이다. 내 아이의 하루가 어떻게 지나갔는지 그 긴 시간을 몇 마디 말로 전해 들어야만 한다.

마지막으로 남은 아이의 이름은 정하늘. 역시 맞벌이 부부의 아이이다. 이렇게나 예쁜 생각과 말들을 가진 하늘이는 하루의 모든 시간을 부모를 사랑하는 데에 쏟았다. 그림을 그려도 가족, 밥을 먹어도 가족. 늘 그렇게 사랑하고 사랑받는 아이라고 한다.

평상시에도 점심시간만 되면, "우리 엄마도 아빠도 지금 밥 먹어요? 하늘이처럼 잘 먹겠습니다 해요? 엄마랑 아빠가 다니는 회사에도 오늘 무지개떡 나올까요?" 자신이 받은 사랑의 가치가 얼마나 큰지 알고 있는 듯 말이다.

대부분의 아이들이 부모님과 함께 돌아가고 승빈이와 하늘이만 남았다. 누나는 평소보다 좀 늦는가 보다. 처마 끝에 매달린 잉어 모양 풍경이 흔들리듯 맑고 고운 소리가 어린이집에 울렸다. 놀이터 흙을 만지작거리던 아이는 맑은 소리에 눈길을 주었다. 선생님은 하늘이와 눈높이를 맞추기 위해 함께 쪼그려 앉는다.

"우리 하늘이 뭐하고 있었어요?"

"엄마랑 아빠 꺼. 예쁜 거 찾아 해요!"

아이는 투명한 돌과 초록색 돌, 하늘색 돌을 찾아와 늘어 놓았다. 색색별로 모아 온 돌 중 가장 예쁜 돌들을 고르고 골랐다. 한데 모아,

"우리 아빠는 초록색 손수건을 맨날 들고 일하러 가요. 엄마가 초록색이 아빠 닮은 색이래요. 아빠가 우리 엄마는 투명한 사람이랬어요. 그러니까 이거! 물처럼 다 보여요! 이건 하늘이에요!"

아이는 색색의 돌로 사랑을 표현했다. 부부의 따뜻한 사랑은 고스란히 아이가 배웠다. 하늘이가 전하는 사랑의 모습은 투명함 그 자체였다. 하늘이가 표현하는 최대의 사랑이었다.

"선생님, 안녕하세요!"

하늘이의 엄마 아빠가 모두 내려 선생님께 인사했다. 하늘이의 엄마는 인사를 마치고 후다닥 차로 향해 운전대를 잡고 기다렸다.

"하늘아!"

아빠가 달려와 안아 준다. 번쩍 들어 빙빙 돌며 서로의 눈이 빛난다. 아이의 엄마가 운전대에서 빵 하고 존재를 알린다.

"엄마도 하늘이 보고 싶은데 차에 먼저 타는 사람 누구일까요?"

"저요!"

"저요, 저예요!"

하늘이도 하늘이 아빠도 엄마의 목소리에 신이 났다. 하늘이의 아빠는 하늘이를 꼭 안고 선생님께 인사드렸다.

"매번 이렇게 인사 드려서 죄송해요. 아내가 꼭 인사 대신 전해 달라고 했답니다. 선생님, 오늘도 감사했습니다."

"하늘이도 인사할 거예요! 선생님, 오늘도 감사했습니다. 이제 우리 엄마 아빠 따라 하늘이 집 갔다가 올게요! 사랑해요!"

차에 올라 타자마자 엄마에게 선물! 한참을 골랐던 돌들을 내민다. 엄마에게는 조개 속 투명한 돌을, 아빠에게 초록색 돌을 내민다. 하늘이가 고른 가장 예쁜 동그란 돌들이라며 해맑기만 하다.

세상에서 가장 귀하고 사랑스러운 친구가 승빈이라고 생각했는데 꼭 자기랑 닮은 친구랑 어울리는 것을 보니 흡족하다. 하늘이는 부모님과 집으로 돌아갔고 나와 승빈이는 즐거운 시간을 마저 보내기로 한다. 삼촌과 있어서 행복하다고 말하지만 부모님을 기다리던 친구들 중 마지막으로 남자, 승빈이는 살짝 시무룩해하며 엄마는 언제 오냐고 묻는다. 자신도 엄마 주려고 예쁜 돌을 골랐다고 한다.

'그래. 그 투명한 돌들이 벌레였을 것이다.'

아이들이 각자 제 부모님께 선물하고, 집으로 가져간 그 투명한 돌은 '피나방벌레'였다. 어떻게 되었을까.

승빈이네 도착한 벌레는 집 안으로 들어가지 못했다. 엄마에게 준 선물은 그 집에 없을 것이다. 승빈이가 선물해 주는 것들은 너무너무 소중해서 엄마 아빠가 저기 하늘 가서도 보려고 미리 하늘에 보관하는 거라며 일 년에 한 번씩 소각해 버리는 누나였다. 딱 그 시기가 소각하는 시기였다. 내 누나지만 이럴 땐 참. 우리 승빈이는 아직 아가라서 정말 하늘에 보석함이 있는 줄 알고 있다.

그렇지만 모두 태우고 나서도 피나방벌레는 불타지 않았고 조용히 기어갔을 것이다. 그 자리에 남은 것이라고는 승빈이의 그림이나 만들기 선물이 불탄 재뿐이었다. 플라스틱을 먹어 치우는 '피나방벌레'는 집 안으로 들어가지 못하고 길가의 쓰레기들을 먹으며 자랐을 것이다.

그렇다면 승빈이의 친구 하늘이네 부모님은 아이의 선물을 어디에 두었을까. 만약 집에 두었다면 하늘이의 플라스틱 장난감이나 냉장고부터 먹이가 되지 않았을까.

세 번째.

요양원

2021년 02월 12일.

설을 맞아 주위 풍경이 조금은 생소하고 분주하게 움직였다. 2021년 설날은 내 평생 중 가장 조용한 명절이 되었다. 전을 부치거나 음식을 장만해야 한다고 분주하지 않았다. 요양원 근처 펜션에 모인 가족들은 저마다 근황을 이야기하며 웃음꽃을 피웠다. 맑은 하늘 위로 은은하게 퍼지는 풍경 소리는 가족들의 웃음 소리에 제 소리를 맘껏 내지 못했다.

휴대폰으로 배달 음식 가능한 곳을 검색해서 밥, 국, 반찬, 후식들까지 모두 주문했다. 각자 집에서 챙겨 온 고기와 과일도 있으니 풍족했다. 가족들은 다 함께 어떤 놀이를 할지 고민했다.

집안 어른이신 할아버지께서 17살의 청년이 되어 버리시면서 많은 것이 바뀌었다. 가족들이 둘러앉아 함께 전을 부치고, 나물을 무치던 그런 명절을 생략하기로 했다. 요양원 근처 펜션을 빌려 배달 음식을 시켜 먹으며 편안하게 먹고 노는 것을 명절 삼기로 하였다. 할아버지와 가족들이 어울릴 방법이라며 시작된 명절의 풍경이다.

재작년 이맘때 알츠하이머는 할아버지를 어린 시절로 데려갔다. 일 년이 지났지만 여전히 학구열이 넘치는 17세 청년이셨다. 그 나이 이후에 생긴 인연들, 가족들 누구도 기억하지 못하셨다. 할아버지는 어린 시절로 돌아갔다. 그 어느 때보다 행복한 모습이었다.

가정을 홀로 꾸려야 한다는 책임으로 이룰 수 없던, 공부에 전념하셨다. 오늘 열심히 외운 구절은 다음 날이면 기억에서 사라졌다. 그러할지라도 찬란한 내일을 꿈꾸는 오늘의 공부를 게을리하지 않으셨다. 17살이 되신 이후로 단

하루도 소홀히 보내지 않으셨다. 소중했던 모두를 잃어버리는 무서운 병이 찾아왔지만, 할아버지의 모습에서 희망과 소망이 보였다.

평생을 일궈 오던 일을 모두 잊으셨다. 어릴 적 꾸던 꿈속에서 살고 계신다. 어려운 사람을 위해 살겠다던 17살의 소년은 매일 법전을 끼고 한 장, 한 장을 외워 갔다. 운동하는 시간과 밥 먹는 시간만 제외하고 온통 법전만 끼고 계셨다. 가족들을 기억하지 못할 뿐, 사람을 사랑하던 그 마음은 온전했다. 오히려 인생을 겪으며 받던 고통의 기억들이 사라져 티 없이 맑은 사람으로 돌아왔다.

요양원으로 가시기 전에는 체력을 길러야 한다며 공원으로 나가 뜀박질도 하시고, 박수도 치며 운동을 하셨다. 다만, 17살 당시의 본인의 집과 나이 든 본인의 아파트가 매치가 되지 않아 길을 잃으시기 일쑤였다. 다른 것은 모두 정상적이셨으나 집을 찾아 헤매는 시간이 길어지시면서 요양원으로 이사가게 되셨다. 본인의 의지와 상관없이.

가족들이 모두 모인 명절. 그 펜션은 할아버지께서 어릴 적 살던 집이라고 알려 주시던 집과 가장 닮은 집이라고 한다. 그래서 그런지 이 펜션에만 오면 할아버지께선 집으로 돌아가야 한다는 말씀을 하지 않으셨다. 어디 멀리 가지 않으시고 이 펜션의 마당에서 맨손운동을 하셨다. 운동을 마치면 다시 방으로 들어가 공부하실 것이기 때문에 가족들은 평소보다 주의를 덜 기울였다.

할아버지께서 마당의 굵다란 나무 아래에서 하늘을 보셨다. 나뭇가지 사이의 하늘을 어떤 생각을 하시며 바라보시는지 알 수 없었다. 할아버지는 돌연 무언가 기억나셨는지 깜짝 놀라셨다. 주머니를 뒤적여 구겨진 작은 낙엽을 꺼냈다.

"구겨져서 책갈피를 할 수가 없겠네."

허리를 숙여 바닥에 떨어진 예쁜 낙엽을 골랐다. 그리고, 무언가 구슬 같은 것들을 주웠다. 빨간 돌과 투명한 돌을 귀한 보석 같다며 챙겨 들었다. 나의 사랑스러운 조카 승빈이와 시은이는 저마다 휴대폰을 들고 할아버지 옆에서 사진을 찍었다. 시은이는 휴대폰 속의 할아버지 얼굴을 확대하며 해맑게 웃었다.

"승빈아! 누나는 사진 찍는다!"

"시은이 누나, 승빈이도 할 수 있어! 할아버지 사진 찍을 거야!"

"승빈아, 할아버지 아니야. 증조할아버지라고 불러야 해!"

조카 녀석들이 제법 컸다고, 대화가 되는 것만 봐도 신기하다. 증조할아버지와 할아버지의 차이를 이제는 아는가 보다. 5살에게 단호하게 정정해 주는 8살의 모습은 평소보다 더 사랑스러웠다.

누나의 아들 승빈이와 남동생의 딸 시은이는 서로와 함께 있는 것을 매우 좋아했다. 바닥에 떨어진 낙엽을 주워 든 할아버지를 따라 하겠다며 골라본다. 이내 흥미는 다시 할아버지를 사진 찍는 것으로 돌아갔다. 대체 어디가 초점인지 모르게 찍더라.

할아버지는 책갈피를 하겠다고 모아 둔 낙엽을 주머니에서 꺼내셨다. 아무래도 가을 낙엽과는 거리가 멀어서인가 주머니에 넣으면서 대부분 부서졌다. 구겨진 낙엽을 이리저리 맞춰 보더니 잠자리, 나비, 토끼 모양으로 만들어서 증손자들에게 내밀었다.

아이들은 휴대폰을 치우고 할아버지께서 주신 낙엽 위에 돌을 얹어 저마다 예쁘게 꾸몄다. 할아버지는 아이들을 사랑스럽게 바라보다가 시간이 되었다며 방으로 들어가 공부를 하셨다. 아이들은 할아버지를 졸졸 따라가며 할아버지의 행동들을 따라 했다.

설이라고 모인 가족들은 자신들을 가족으로 알아보지 못하고 공부만 하시는 할아버지를 거실로 다시 모셔 왔다. 간식을 꺼내 차려 드렸다. 할아버지를 가운데 두고 서로 이야기꽃을 피웠다. 할아버지는 기억하지 못하시는 우리의 이야기들이었다.

다른 사람들이 무슨 이야기를 하나 힐긋힐긋 바라본다. 가족들과 함께 이야기 나누지 못했다. 차라리 이 시간에 공부를 더 하고픈 마음을 내비쳤다. 가족들은 어르신이 공부만 하다가 쓰러지실까 걱정하는 말을 저마다 한마디씩 보태지만 할아버지에게는 아무 소용없었다. 조카들은 각자의 휴대폰으로 가족들을 사진과 동영상으로 남기고 있었다.

"너 참 예쁘게도 생겼구나. 아가, 너 같은 딸이 나도 있으면 좋겠다. 이거 너 줄게."
"할아버지 딸?"

어린 증손녀를 바라보시다가 주머니에서 뭐라도 꺼내 주고 싶으신지 뒤적뒤적하셨다. 주머니는 텅 비어 있다. 다시 마당으로 나가 나무 아래에서 예쁜 돌을 주워 오셨다. 할아버지가 준 선물에 시은이는 휴대폰에서 눈을 뗐다. 할아버지의 손에서 건네받은 작은 돌은 보석같이 빛났다.

"고맙습니다! 증조할아버지!"
"아가, 나는 그렇게 나이 들지 않았단다. 내년이면 혼인할 나이란다."

"그런데, 혼인이 뭐에요?"

"사랑하는 사람이랑 손 꼭 잡고 함께 사는 것이란다. 아가, 너는 공부 열심히 해서 꼭 훌륭한 사람이 되렴. 훌륭한 사람이 되면 소중한 사람한테 소중한 걸 줄 수 있단다. 나는 요즘 하루가 뜨문뜨문 기억난단다. 더 열심히 공부해야겠어. 난 훌륭한 사람이 될 거야. 꼭 훌륭한 사람이 될 거야."

시은이는 증조할아버지는 몇 살이냐고 제 아빠에게 묻는다. 할아버지가 나이 안 많다고 했다는 데에만 꽂혀 있다. 할아버지가 왜 공부를 좋아하시는 것인지는 사람들의 관심 밖이었다. 가족들은 할아버지와 조카 녀석의 대화가 즐겁다는 데에만 집중한다.

할아버지는 자기가 앉았던 자리를 두리번거리다가 투명하고 반짝이는 돌을 주워 승빈이에게도 내민다. 승빈이는 할아버지가 쥐어 준 돌을 주머니에 잘 챙겼다.

가족들은 맛있는 음식들을 나눠 먹는다. 할아버지는 이미 이곳의 주인공이 아니다. 더 이상 할아버지에게 말을 걸지 않았다. 그저 때때로 맛있는 것들을 먹여 드리며 여기에 오길 잘했다고 다 모여서 너무 좋다고 행복해했다. 서로 한마디씩 뱉는다.

정작 할아버지가 무엇이 하고 싶고, 무슨 생각을 하는지 아무도 묻지 않는다. 할아버지의 기억 속에 없는 사람들은 저마다 떠들기 바빴고 할아버지는 외로웠다. 외로운 시간이 길어지자 조용히 방을 찾아 잠에 빠져든다. 이렇게 잠들고 깨어나면 이곳이 어딘지도 기억하지 못할 것이다. 저녁 식사 후, 평소처럼 약을 드시고 꿈속으로 걸음 하셨다.

가족들이 모두 모인 명절이 지나가고 할아버지는 다시 요양원으로 향하셨다. 돌아가는 길에 바닷가에서 잠시 들러 가족사진을 찍었다. 그사이 할아버지께선 반짝이는 돌들을 주웠다. 할아버지는 또 같은 말을 한다. 자신과 함께 평생을 보낼 처자에게 선물을 갖다 주겠다고.

바닷가 파도 앞에 쭈그리고 앉아서 연신 돌을 고른다. 곱고 고운 꽃도 금보다 귀해 보이는 돌도 찾아 주머니에 담았다. 그 행동은 반복되었다. 주머니에 하도 많이 찾아 넣어서 바지가 어슷하게 내려온다. 할아버지는 바지춤을 잡으며 고운 선물을 골라야 한다며 바닷가에서 눈을 떼지 못한다.

할아버지만 요양원에 두고 다시 돌아가야 한다는 사실에 먹먹해졌다. 아쉬워서 요양사 선생님과 함께 요양원에 딸린 공원을 한 바퀴 돌았다. 할아버지는 언 땅 사이에서 조용히 피어난 작은 꽃을 꺾으셨다. 예뻐 보이는 돌들도 주워 요양사 선생님께 내밀었다.

"할아버지, 이건 어디에 쓸 거예요?"

배시시 웃는 모양이 꼭 첫사랑을 찾아가 건네줄 것 같았다.

"내, 혼인을 약속한 이가 있어서…. 그이에게 줄 선물을 구하고 있소. 이것들 좀 맡아 줄 수 있겠소? 내 요즘 자꾸 잊어서…."

할아버지는 반짝이는 돌을 내려다보며 얼굴을 붉히셨다. 무언가 생각하시다가 이내 표정을 잃으셨다. 본인이 자꾸 중요한 것들을 잊는 것 같다며 요양원 선생님께 반짝이는 돌들을 맡겼다. 반짝이는 투명한 돌들은 할아버지가 얼마나 오래 쥐고 있었는지 따뜻했다. 요양원 선생님들은 고맙다며 받은 후 사무실 구석에 모아 두었다.

"내, 혼인을 약속한 이가 있어. 그녀에게 줄 선물인데, 이것 좀 맡아 주시게. 내가 요즘 중한 것들을 잘 잊어. 이건 특히나 중요한 것이니 꼭 좀 맡아 주시게."

라며 또다시 얼굴을 붉혔다. 방금 전에 맡아 달라고 내민 것조차 기억하지 못하시려나 보다.

"할아버지, 언제 혼인하셔요?"

간호사 선생님께서 할아버지께 말을 건넨다. 가족들이 가장 궁금해하던 것은 할아버지께서 혼인을 약속해 저렇게 얼굴 붉히시는 이유가 우리 할머니가 맞을까였다. 정답은 할아버지만 알고 계실 테지만.

할아버지의 추억 중 가장 아름다웠던 시절은 혼인을 기다리는 청년 시절이었나 보다. 훌륭한 사람이 되려 노력하던 청년이었다. 그 세상에서 현실로 돌아오질 않는다. 가장 아름다운 시절에 머무르며 더 이상 외로워하지 않았다.

선생님들의 관심이 다른 환자분들께로 옮겨졌을 때 그렇게. 투명한 돌들은 사라졌다. 무언가 모아 두었던 것 같은데 하고 기억을 되짚어 보지만, 그다지 중요하지 않은 기억들일 것이다.

아무도 관심을 두지 않았다. 할아버지의 기억만큼이나 빠르게 투명한 돌들은 제자리에 있지 않고 사라졌다.

할아버지는 17살의 앳되고 행복하던 그 순간으로. 벌레는 자신의 태생의 목적에 따라 제 할 일을 수행하여 자연의 모습을 태초의 순간으로 말이다.

제자리로 돌아가려는 투명한 돌들이 움직이는 자리 뒤로 먼지가 날렸다.

네 번째.

인형의 집

2021년 02월 26일.

햇살이 따사로운 날이면 동네 사람들이 모여드는 작은 카페가 있었다. 골목에 음식점도 없고 볼거리도 없는 동네이다 보니 카페에는 퇴근 시간에 한두 테이블. 아주 적은 양의 배달이 이루어졌던 것 같다.

건너편에 구체관절 인형의 집이 생기고 난 후, 그 인형의 집을 구경하려는 손님들이 카페도 방문하기 시작했다. 인형의 집 창문가에 걸린 풍경은 인형들을 닮아 아기자기하고 포근한 소리였다. 지금 생각해 보면, 그날 그녀가 주워 인형에게 준 마음은 플라스틱을 먹어 치우는 '벌레'였을 수 있겠다는 생각이 든다.

[인형의 집은 예약제로 열립니다.]

인형의 집 문 앞에 문구가 붙어 있다. 함부로 개방되지 않으니 길 건너편에서 구경하고 예쁜 사진을 찍어 SNS에 올리려 모여든 인파로 카페는 어수선했다.

인형의 집 주인들에 대하여 아는 게 많지 않았다. 처음 들은 소문은 상당히 아름다운 사람들이 본인들처럼 우아하고 화사한 인형을 만든다는 것이었다. 부유한 집 딸 세 명이 모여 어여쁜 인형을 만드는 집. 그런 소문이 있었다. 뭐, 내가 바깥 외출을 하는 일이라고는 출퇴근길과 공원으로 산책 나가는 정도이다 보니 들을 수 있는 이야기는 동네 사람들의 입소문들뿐이다.

이 사람, 저 사람의 입가에는 웃음이 걸렸다. 신기하기도, 부러워하기도 하는 이야기들도 걸렸다. 중·고등학생쯤 되는 아이들이 모여 인형의 집 언니들이랑 인형이 꼭 닮았다는 이야기를 하고 있었다. 인형의 집을 보기 위해 건너편에 있는 카페로 향하는 것이라고 한다. 하루 종일 고급스러운 인형 옷을 만들고 있는 어여쁜 분들.

Jcafe에서 창 밖 너머 인형의 집을 찍은 사진은 SNS에서 상당히 인기 있는 사진이라고 한다. 궁금했던 나는 맥주 사러 나선 길에 일부러 그 집 앞을 지나는 길의 마트로 향했다. 그곳을 찾아가는 길은 괜히 설 다. 카페만 있을 때는 전혀 몰랐던 화사한 거리였다. 잘못 쳐다보면 괜히 스토커로 오해받을 수 있으므로 최대한 조심해 본다.

아직 생긴 지 얼마 되지 않았지만 SNS에 태그를 검색하면 근처 사진들을 볼 수 있다.

#인창동, #인형의집, #Jcafe, #구리인형, #구리인형의집, #구리카페, #인형카페

이렇게 검색어를 바꿔 가다 보니 인형들과 카페에서 바라보는 모습들을 볼 수 있었다. SNS에 올라온 사진은 온통 따뜻했다. 사람들의 태그들은 대부분 비슷했다.

#예쁜 인형, #인형이보이는카페 #인형의집건너카페, #인형스타그램, #인형안녕, #그림책같은곳

뭐 이런 태그들과 사람들의 따듯한 마음들이 눈에 읽혔다. 어쩌면 따뜻해 보이고 싶은 사람들의 심리일 수 있다.

인형의 집 앞을 기웃거리던 나는 멋쩍어 뒷목만 긁어 댔다. 집 밖에서 보아도, SNS에서 보아도 온통 아기자기한 아름다운 공간이었다. 사진 속 집 안의 모습은 볼이 발그레한 작은 인형들이 행복을 가득 담고 있었다. 살짝 벌어진 앵두 같은 입술은 금방이라도 나를 향해 인사말을 건넬 것만 같았었다.

한 소녀가 이 골목으로 들어선다. 인형의 집을 기웃거리던 내 모습이 한심해 보여 숨었다. 소녀는 검고 긴 코트를 입었다. 귀는 이어폰으로 틀어막은 채 붉디붉은 입술 사이로 춥기만 한 이 거리에 숨을 불어넣는다.

그 소녀는 턱을 당기고 가자미 눈으로 양옆을 조심히 살폈다. 아무도 없는 것이 확인이 된 것인지 붉은 입술 끄트머리가 살며시 올라간다. 들리는 소리라곤 바람이 스치는 골목의 소리뿐이다. 나와 그 소녀 사이의 전봇대 덕분에 내가 가려 보이지 않는가 보다.

큰일이다. 매우 민망한 상황이 되었다. 골목에서 숨어 있는 사람이라니. 인기척을 낸 후 아무렇지 않게 지나갈까, 괜히 '어흠어흠' 하고 소리를 내도 되는 걸까 고민하던 차였다. 그 소녀는 당겼던 턱을 자신 있게 들어 올리고 오른쪽 발끝을 살짝 내밀었다. 소녀의 입술 사이에서 작게 읊조리는 목소리가 새어 나왔다.

"원, 투, 쓰리, 투, 투, 쓰리."

골목길은 소녀가 만들어 낸 박자로 가득했다. 그 발걸음 소리가 울려 퍼진다. 일정한 속도로 내 귓가에 맴돌았다. 차차차? 자이브? 그런 종류인 것 같다. 내가 여기 있다는 인기척을 낼 타이밍을 완전히 놓쳤다. 사람이 있었다는 사실에 소녀가 놀라거나, 아니면 내가 그냥 변태로 오해받거나 할 아주 애매한 순간에 놓였다.

하필 코끝이 간질거렸다. 지금 참지 못하면 그 소녀에게 들켜 서로 민망한 상황을 마주하고 말 테다. 조금, 아주 조금만 더 참으면 내가 있는 줄도 모르고 그냥 지나칠 것이다.

순간 구세주가 등장했다. 인형의 집에서 문이 열렸다. 소녀는 인형의 집에서 문이 열리면서 난 사람의 인기척에 놀라 민망해하며 아무 일도 없었다는 듯 제 갈 길을 마저 갔다. 인형의 집에서 나온 아름다운 여인은 나를 보더니 피식 웃었다.

"이제 나오셔도 됩니다. 오해받을 만한 상황이셨어요."

그녀는 나에게 묻는다. 그냥 신기해서 이 가게를 쳐다본 건지, 아니면 제작을 의뢰하러 온 것인지. 그녀의 입술에 나의 온 신경이 집중되었다. 독한 술에서나 느껴지는 오크 향이 흘렀다. 입술 가운데 립스틱이 번져 옅게 남았으니 온전한 립스틱 자국은 그녀가 마시던 술잔에 있겠지 싶다. 다시 한번 그녀는 나를 불렀다. 썩 친절하지 않았다. 그녀의 시간을 방해한 것은 온전히 내가 한 것이다. 이 동네에서 이런 아름다운 인형을 처음 봐서 그렇다는 횡설수설한

답변과 눈빛만이 내가 할 수 있는 답이었다.

그녀는, 천사 같은 목소리로 나에게 말을 건넸다. 와. 영광이다. 인형의 집을 기웃거리다가 큰일 날 뻔한 걸 인형의 집 선생님께서 구해 주셨다니. 검푸른 하늘에 별이 뜬 날이었다. 창문으로 보이는 인형들이 나를 보고 웃는 것 같은 기분이 들었다.

그녀는 자신이 구해 줬으니 보답을 하라는 이유를 대며, 나를 경멸하지도, 궁금해하지도 않는 눈빛과 목소리로 자신의 이야기를 뱉었다. 뜬금없을지 모르지만 자신은 이야기할 곳이 필요하다고 했다. 이 이야기를 듣고 있는 내가 그녀에게는 사람이 아니라 벽인 것 같았다.

그녀가 인형을 만드는 이유에 대해 궁금해졌다. 조심스럽게 물어보기로 한다. 물어볼 타이밍을 잡으려 초조하게 손가락만 쥐었다 폈다 반복했다. 한심하다. 말 한마디 걸기 위해 고민을 한다고 하지만, 몇 십 초의 시간이 애매하게 흘러갔다.

내 이런 생각을 알았는지 그녀는 말했다. 그녀의 생각도 나와 크게 다르지 않았나 보다. 두서없는 날것 그대로였다. 대충, 그녀가 빚어낸 인형은 채워지지 않는 자신의 마음을 담아낸 것이라 했다. 그 모습에 자신이 바라던 모습을 어떻게든 채워 보려 노력하고, 자기 자신을 채우지 못한 사람이 만든 가짜 기억과 추억을 따듯하게 짊어진 인형을 만드는 사람이 바로 자신이라 소개했다. 그녀는 나에게 산책을 제안했다. 그저 사람이 그리운 날이라며. 이런 날이면 밤을 하염없이 걸었다고 한다. 그렇게 당황스럽게도 그녀와의 산책이 시작되었다.

함께 걸었다. 서로에게 따뜻한 말을 건네지 않았다. 그녀는 따뜻한 하늘과 포근한 세상 그리고 사람을 그리워했다. 그녀는 갈망했다. 자신의 외로움과 그리움이 어디에서 온 것인지. 어릴 때는 마음 아파만 하다가 세월이 지나니 나이만 가득한 사람이 되어 있었다고.

그녀는 자신이 만들어 낸 어여쁜 인형들이 받는 많은 관심과 사랑을 부러워했다. 새로운 인형을 빚어내 그 빈자리를 채우려 했다고 한다. 짙은 술의 향기. 그녀의 이야기에서 잊고 지내 온 그리움이, 공허함이 느껴졌다.

그녀와 나의 거리는 딱 한 뼘이었다. 알고 지내는 사이도 아니었다. 동네 이웃 주민이라 부를 만큼의 친분조차 없었다. 그런데 함께 산책을 하며 속 이야기를 꺼냈다. 그만큼 외로웠던 사람인가 보다. 사람에 대한 경계도 전혀 없이 계속 이어 말했다.

아무것도 아닌 그저 찰흙덩어리에 지나지 않는 그저 자신의 인형이라고. 자신의 아이들은 누군가의 꿈, 그리움, 염원이 뭉친 것이라고 한다. 아무것도 묻지 않은 깨끗한 흙에서 시작되지만 된 깨끗하고 매끄러운 플라스틱 소재로 변신할 때까지 마음을 입히는 것이라고. 웃었다. 고작 누군가 밟고 지나갈 흙에 지나지 않는 덩어리에게 생명을 불어넣어 주는 일을 하는 게 자신이라고 했다.

"한번은 그런 적이 있어요. 제가 만든 인형들이 너무 슬퍼 보이는 거예요. 아, 저 아이를 빚던 과거의 내 모습은 저렇게나 슬펐나 보다. 하고 바라보다가 화가 난 거죠. 나는 잘 살아 보려고 발버둥 칠수록 행복하지 않다는. 저 인형들보다 화려하고 행복하게 살고 싶었던 나는 그냥 저 인형들을 만드는 거푸집. 거푸집이 내 모습이더라구요.

그래서 생각했죠. 이 인형의 머릿속에 아무도 모를 나의 낙인을 찍자. 인형의 머릿속에 새긴 나의 이 삐딱한 마음은 아무도 모를 거라. 그랬더니 글쎄, 완성된 인형이 어땠는 줄 아세요? 이상한 표정을 짓고 있었어요. 뭐랄까. 누군가를 막 괴롭히고 돌아온 그런 얼굴이었어요. 거울을 보니 또다시 나와 똑같은 표정이더라고요."

그렇게 그녀의 속 이야기를 들은 그녀와의 산책이 끝났다. 각자 갈 곳으로 갈라졌다.

그녀와 이야기를 나눈 지 일주일이 채 되지 않았다. 두 번째 만남도 그녀의 가게 앞에 서성거리는 내 모습을 발견한 그녀가 산책하겠냐며 웃어 주었다. 나는 그녀를 따라 걸었다. 딱 한 뼘만큼 떨어져 걸었다.

그녀는 인형의 집 첫째였다. 첫째는 인형을 만들고 둘째는 그 인형에게 맞는 옷을 만든다고 한다. 막내딸은 헤어스타일과 화장, 장신구를 맡아서 세 자매가 인형의 집을 꾸려 나가는 것이라고 한다. 하나같이 고급스럽고 아름다운 여신과도 같은 느낌의 세 자매는 다른 지역에서 이곳으로 이사 오게 된 것이라고 한다.

이사 오게 된 계기는 그 동네 사람들의 소문 때문이었다고 한다. 그래서 상대적으로 더 조용한 이 동네를 찾은 것이다. 인형을 만드는 집이 아닌 귀신을 만드는 집이라는 오명을 쓰면서 동네 사람들에게 손가락질 받는 무서운 마녀로 전해졌다고 한다.

대체 어디서 이상한 소문이 전해진 것인지 알아보다 보니 그 집 근처의 작은 꽃집에서 문제가 생긴 것이라고 한다. 꽃집 사장은 사람과 퍽 닮은 인형의 집이 무서웠다. 그래서 꽃집 자매들에게 고백을 하겠다며 꽃을 사 가는 사람들과 이야기하던 중, '저는 그 인형이 좀 무섭더라고요. 사람 같아서요.' 딱 그 말만을 했을 뿐이었다고 한다.

그럴 수 있었다. 자신이 그렇게 생각하는 것이야 문제가 전혀 없지 않은가. 이후, 고백에 실패한 청년은 꽃집 사장도 그러더라, 인형의 집은 무서운 기운이 잔뜩 있다는 이상한 글을 인터넷에 올렸다. 이상한 소문이 만들어지면서 도저히 그 동네에서 살 수 없는 지경이 되었다고 한다.

여러 사람들이 입에서 입으로 전해지며 부풀려진 이야기는 꽃집 사장도 걷잡을 수 없게 되었다. 꽃집 사장이 찾아와 이런 일이 있었노라며 사과했다는 이야기까지도 들려주었다. 그녀의 한숨에서 슬픔이 느껴졌다. 아무도 의도한 바 없이 벌어져 버린 일이었다. 사과조차 소용없는. 그 이야기를 하는 그녀의 눈가에는 눈물이 반짝였다.

그녀와의 세 번째 만남. 세 번째 만남에서 그녀는 밖이 추우니 안에서 차라도 마시면서 이야기하자고 했다. 그녀는 공방 곳곳을 소개해 주었다. 세 자매가 만드는 인형에 대한 소개도 들려주었다. 인형의 집엔 하루 종일 바쁘게 일하던 흔적들이 그대로였다.

작업실은 칸막이로 나누어져 있었다. 첫째, 둘째, 셋째가 각각 일하는 작업 공간의 마주 보는 곳에는 선반이 있었다. 작업 중인 것들과 작업이 완료된 것들이 제각기 자리를 잡고 앉아 있었다. 나와 이야기를 나누는 그녀의 작업물은 실오라기 하나 없는 구체관절인형이었다. 너무나도 아름다운 얼굴과 몸매를 가진 작품이었다.

"제가 빚어내는 인형은 구체관절인형이라고 해요. 사람과도 신과도 참 닮은 인형이랍니다. 눈은 사람보다 조금 더 크고 입은 작지만 통통하게. 요정과 신의 중간 정도의 모습으로 만들죠. 흙덩어리 한 조각이 나의 아이를 만드는 시작입니다. 오늘 얼굴을 빚어내면 내일은 몸통을 빚어냅니다. 텅 비어 버린 머리에 덩그러니 붙어 있는 몸뚱어리. 그런 이상한 형태를 갖추고 있죠. 시간이 흐르고 내 온 정성이 이 아이에게 쏟아지면 완성됩니다.

수없이 반짝이는 바다를 담기도 하고, 끝을 알 수 없는 땅을 담기도 합니다. 깊고도 얕은, 하늘을 닮은, 산을 닮은, 때로는 눈물 가득한 나의 인생을 담기도 하죠. 피도 숨도 온기도 없는 것이 인형이죠. 남은 미련도 없도록 나의 감정을 끌어내 빚었답니다. 인형의 육신은 무엇으로도 이어지지 않아 동그란 관절을 애써 끼워 넣어 움직여 주는 것이죠. 그리고 차디찬 그 또는 그녀의 몸이 완성되면 채색을 한답니다.

내가 만들어 낸 이 아이를 보는 모든 사람들은 감탄하죠. 텅 비어 버린 그 머릿속은 무엇으로도 채워지지 않았지만 저마다 자신이 느낀 감정을 이 아이에게 쏟아 내면 그때부터 내 아이는 살아 있는 것이랍니다. 제 나름대로 국내의 실력 있는 작가들과 어깨를 나란히 해 보고파서 이리저리 열심히 해 보았지만, 아직 저를 알고 있는 사람은 많지 않답니다. 세 자매 모두 홍보를 잘하는 성격이 못 되어서 구매자분들의 입소문으로 간간히 이렇게 살아간답니다. 유명한 작가의 아트 돌은 수천 수만 달러 귀한 대접을 받고 있는데 저는 그 정도까지는 아니니까요."

그녀의 이야기는 늘 흥미진진했다. 기원전, 고대 그리스와 로마에서 진흙이나 나무 인형의 팔다리가 철사로 연결된 것이 시작이라고 했다. 그녀가 만드는 작품의 조상급이다. 19세기 후반에서 20세기 초반의 비스크인형에서 어떤 재질의 점토인지는 모르겠으나 구워 낸 인형을 '구체관절 인형'이라 부른 것이 시작이라고 한다. 독일의 예술가 한스 벨머Hans Bellmer가 볼 조인트ball-joints인형을 만들어 사진 및 초현실적인 예술작품에 사용한 것으로 알려진 것이 가장 유명하다고 하더라.

이런 이야기 끝에도 그녀의 표정은 영 밝지 않았다. 이 집 자매들이 만든 화려한 옷과 장신구까지 착용한 완성된 인형은 창틀에 앉아 하늘을 바라보고 있었다. 그녀에게 허락을 받고 인형의 작은 손을 잡아 보았다. 인형의 커다란 눈동자가 빛났다. 밤하늘을 가득 담아낸 것 같다. 이 인형을 만들 때 그녀는 어떤 감정을 가지고 만들었을까.

누군가 놓아준 대로 같은 자리에서 같은 감정으로 앉아 있는 인형이었다. 이 아이의 주인이 될 누군가는 이 표정을 보고 어떤 생각을 할까 싶었다. 내가 그녀에게 들려줄 수 있는 이야기는 세 자매가 인형에게 있어 운명의 세 여신이겠다는 실없는 소리 정도였다. 그녀를 웃겨 보기라도 할 심사였다.

네 번째 날이 오자 그녀는 문 앞에 모습을 드러내지 않았다. 인형의 집 안에서 밖으로 어떠한 소리도 들리지 않았다. 아쉬웠다. 며칠 사이 그녀에게 사랑에 빠진 그런 감정이 아니었다. 그녀는 위태로워 보였다. 그녀의 마음의 색깔에 따라 인형의 모습은 달라지기 때문에 매일 다른 인형을 만들 수 있는 것이라고 했다. 오늘의 그녀의 감정이 어땠는지 궁금했다. 순간 창문 사이로 연기가 보였다. 불인 것 같다.

현관에 있던 소화기를 급하게 집어 들고 인형의 집의 문을 열었다. 그녀는 인형의 머릿속에 불을 넣고 있었다. 인형이 타들어 가는 냄새는 역했다. 그녀를 잡아 한쪽으로 밀고 소화기로 불을 껐다. 인형의 머릿속은 타들어 갔다. 입 쪽이 약간 녹아 내렸다. 인형은 두려운 표정을 하고 있었다.

적당히 정리하고 나니 둘째와 셋째가 들어왔다. 사정을 말하고 나니 둘째는 첫째를 안아 방으로 데려갔다. 셋째는 나에게 일단 앉아서 쉬라며 급하게 차를 꺼내 주고 큰언니에게 뛰어갔다.

그녀가 잠들고 나자 둘째와 셋째는 나에게 다가와 다시 말을 걸었다. 고맙다는 인사와 누구냐는 물음이 동시에 나왔다. 동네 주민이고 첫째의 산책 메이트라고 말했다. 둘째는 언니가 며칠 전부터 자꾸 독한 술을 마시며 인형에 뭘 넣는다고 말했다. 셋째는 투명한 마음을 주워 왔다는 큰언니의 말을 들은 적 있다고 했다.

다섯 번째 날, 그녀와 산책을 했다. 그녀는 자신의 이야기를 들어 주어 고맙다고 했다. 자신은 인형에게 있어 너무나도 나쁜 사람이라는 말도 했다. 그동안 하던 이야기와는 약간 달랐다. 더 불안해 보였다. 그녀의 웃음조차도 눈물로 보였다. 그녀는 인형의 마음을 채워 주고 싶다는 이야기만 반복했다.

여섯 번째 날. 더 이상 그녀와 산책을 할 수가 없었다. 그녀는 그녀의 가족인 둘째를 통해 나에게 편지 한 장만을 남겼다. 인형의 집 둘째는 언니가 휴식이 필요해서 셋째와 바닷가로 여행을 떠났다고 했다. 그 와중에 나에게 편지를 남겼다니. 둘째는 그동안 언니와 이야기해 주어 고맙다는 인사를 마치고 다시 인형의 집으로 들어갔다.

나는 그녀가 내게 남긴 편지를 가슴에 넣고 집으로 향했다. 그녀가 좋아하는 독한 술 향이 그리웠다. 주머니를 뒤졌지만, 동전 한 닢 나오지 않는다. 집으로 돌아가는 발걸음이 무거웠다. 나에게도 그녀에게도 이것은 사랑은 아니었다. 나에게 그녀는 호기심이었고 그녀에게 나는 벽이었으니까. 그녀는 하지 못한 어제의 말을 벽에게 썼을 테다.

「산책메이트에게 드리는 편지」

나는 당신에게 이렇게 쏟아 내기만 합니다. 나는 아직 불안하고 불안정합니다. 계속해서 인형을 만들어 나가도 될지에 대한 '나'에게 구하는 허락. '나'로부터 받은 허락. 그 쓸데없는 고민이 길어진 날 당신을 만났습니다.

그 허락의 의미는, 내가 받은 허락은 '나'의 외로움과 마주해도 괜찮다는 다독임. 나쁜 것도 잘못된 것도 모두 의도한 바가 아니었으니, 외로움이 불러낸 참극일 뿐이라는, 쓸모없어진 하루에 바치는 눈물로 얻어 낸 것. 그런 것에 대해 당신은 모두 고개를 끄덕여 주셨습니다. 고맙습니다. 그래서 당신에게 이 편지를 적습니다.

나는 인형의 머리에 투명한 돌을 넣었고 그 돌은 내 인형을 먹었습니다. 꿈이 아니었습니다. 술을 너무 많이 마셨나 싶어서 술도 치워 봤지만 변하는 것은 없었습니다. 매일 다시 빚어낸 인형에 투명한 돌을 넣어 봤습니다. 투명한 돌은 자꾸만 커집니다. 내 인형은 매일 얼굴에 상처가 납니다.

이 편지 뒤에는 다른 종이가 끼워져 있었다. 나에게 쓴 것이 아니라 자신에게 쓴 것까지 나에게 전한 것 같았다.

머릿속에 파고드는 오만 가지 잡다한 생각들에게 동시에 밀려들어도 좋다 허락했다. 아직까지는 그래 괜찮은 거다 하며 한자리를 서성였다. 가만히 있지 못하고 이쪽 발, 저쪽 발 바꾸어 가며 무언가를 보았다. 같은 자리에 있으나 한자리에 있지 않았다. 시간은 달려가고 있었고 '나'를 부끄러워하지 않으며 '나' 자신과의 대화를 얼마나 오래 지속할 수 있는지 시험하고 있었던 것일지도 모르겠다. 내 갈망은 무엇일까. 그 순간의 생각들이 모이지 않았더라면 이 손에 쥐어진 구슬에 마음을 빼앗기지 않을 수 있었겠지. 필연이란 것이 있을는지 모르겠다.

인연의 붉은 실처럼 필연 또한 어떤 실 하나가 저 물건과 날 연결 지었으리라. 한참을 그 자리에서 생각하고 나서야 나온 답은 바다였다. 바다의 끝은 내 두 발로 서 있어 본 적이 없으니 알 수 없는 퍼-런 바다의 끝을 갈망하며 오늘이 저물길 기다렸다.

오늘의 어지러운 나의 생각은 하루 이틀에 완성된 작품이 아니다. 나의 모습은 날카로운 기억의 조각들이 담겨 있다. 한 번씩 별것도 아닌 기억이 나를 찔렀고 뾰족한 부분에 베일 때는 아무것도 모르다가 고작 뭉툭한 부분이 닿자 소리를 지르며 가슴을 잡고 뒹굴었다.

저 배 속 어딘가에서 꾸욱 하고 나를 누르는 그 조각에게 '부끄러움'이라 이름했다. 뭉툭해질 대로 뭉툭해진 그 조각은 여기저기 휘저어 버린 내 마음 덕에 온통 헤집고 다닌다.

투명한 것이 필요하다. 눈물보다 맑은 무언가가 필요하다. 나의 생각과 마음을 온통 담아도 흐려지지 않을 만한 투명한 것이 필요했다. 그날 가져온 투명한 구슬이 내 인형뿐 아니라 나까지 삼켜 버릴 줄이야.

나는 아무 잘못도 하지 않았다. 다른 아이들과 다르게 이 아이만은 속이 빈 껍데기가 아니었으면 했다. 빚어낸 인형의 머릿속에 넣은 것은 투명한 구슬뿐이다. 산책 중에 주워 온 투명하고 반짝이는 돌들 중 가장 고운 아이로 골랐다. 내 인형의 머릿속은 투명한 구슬로 잔뜩 채워졌다.

구슬?

구슬. 구슬이었던 것일까? 그 구슬이 먹은 것일까? 내가 만든 인형의 볼과 입술이 사라졌다. 자꾸 구멍이 난다. 아닐 것이다. 투명했다. 분명 투명한 구슬이었다. 하늘에 걸면 구름을 담고, 바다에 놓으면 심해를 담을 것이며 자갈 사이에 두면 그 자갈을 담을 것이다. 투명한 구슬일 뿐이다. 이건 분명 꿈일 것이다. 다시 잠들어 보면 깨어날 수 있을 것이다. 오늘은 악몽을 꾼 날이다.

다시 잠에 취하기 시작하지만, 아무 일도 일어나지 않았다. 오히려 조금 더 갉아 먹은 것 같다. 주위는 온통 먼지로 가득했고 나의 뜻대로 된 것은 단 하나도 없었다. 다시 만들기로 한다. 그래, 뭔가 잘못된 것이다.

새로 인형을 빚었다. 불안을 담는다. 나의 가장 크고 화려한 불안을 담는다. 내가 여러 인형들을 만들면서 느꼈던 그 경멸하는 사람들의 눈초리가 떠오른다. 담아낸다. 내가 여러 인형들을 만들며 받은 한숨과 사회에서 벗어났다는 질타가 떠오른다. 담아낸다.

내 손길을 받고 태어난 이 아이는 아름다울 것이다. 곧 먹히겠지. 누군가의 소행으로 부숴지겠지. 바닥의 모든 그림자를 한데 모아 쓸어 담을 것이 분명하다. 세상에 온통 어두운 밤이 몰려오게 되면 지금 내가 만들어 낸 이 아이는…

아차.

이 아이의 모습은 행복이어야 했다. 나의 불안을 담아서는 안되었다. 이미 이 아이의 얼굴은 내가 본떠져 있었다.

투명한 무언가가 인형을 먹었고, 그녀는 사라졌다. 그녀가 남긴 편지에는 투명한 것이 자꾸만 등장했다. 그녀는 나에게 살려 달라거나 구조를 요청한 것이 아니다. 자신의 속마음을 잔뜩 적어 나에게 내민 것이다.

일주일 정도 지났었다. 그녀가 셋째와 잠시 바람 쐬고 돌아온 사이. 동네에는 흉흉한 소문이 퍼졌다. 그 집에 대하여 떠도는 소문은 그저 무서운 것들뿐이었다. 한없이 아름다웠던 그곳은 이미 잊혀갔다. 무엇이 그 집을 소문으로 삼킨 것일까.

그녀의 마음은 둘 곳 없이 심란했다. 다른 자매들의 모습도 함께 초췌해져 갔다. 사람들이 지날 때마다, 그녀에 관한 추측이 넘나들었다. 그녀의 집 앞 카페는 그 어느 날보다 사람이 많았다. 넓지도 않은 곳에 테이크아웃이라도 하겠다며 사람들이 들어왔다. 그녀를 검고 검은 천 아래의 위험한 사람으로 만들었다. 밝게 빛나던 그녀를 숨겼다. 위험하고 무서운 사람으로 남았다.

사람들의 휴대폰 셔터 소리가 골목에 울렸다. 인형의 집을 찍느라 휴대폰 화면 속에 빠져들었다. 인형의 집 창문가에 붙어 있던 아기자기한 풍경은 기웃거리는 인파에 떨어지고 밟혔다. 더 이상 은은하게 퍼지는 풍경 소리는 들을 수 없었다. 그녀들은 창문도 문도 닫아걸었다.

#마녀의집 #저주술 #괴물만들기 #마녀인형 #인형가게저주

그녀의 주위에 그런 사람들이 오는 것을 신경 쓰지 못했다. 둘째와 셋째만이 골목에 몰리는 인파들을 걱정했다. 첫째 언니를 걱정하는 두 사람은 인형을 한동안 만들지 말자고 말려 보았다. 그렇지만 그녀는 집착하듯 인형을 만들고 투명한 돌을 넣기를 반복했다. 인형은 자꾸 갉아 먹어진 흔적이 있었고 그녀는 불에 태워도 보고 물에 담가도 보았다. 이것저것 약품을 부어 보기까지 했다.

동네 사람들은 이런 내용까지는 알지 못했다. 이곳에서 밤마다 울음 소리가 끊이지 않는다는 것 때문에 점점 흉흉한 소문이 퍼져 갔다. 밤마다 그녀가 우는 소리에 이상한 종교가 있는 것 같다, 사람을 닮은 인형이 움직인다더라, 원래 미친 사람이었다더라 하는 이상한 이야기들이 퍼져 나갔다.

전해 듣고서도 어처구니가 없었다. 없다 못해 흔적도 안

보인다. 부모의 휴대폰을 몰래 하다가 눈먼 정보들로 가득한 SNS 속 소문을 믿어 버린 어린 자녀들은 부모님께 "저기가 마녀네 집이래요!"라고, 그저 부모에게 신기한 이야기를 전해 주고 싶던 아이는 앞뒤를 생략한 채, 자신이 할 수 있는 가장 큰 목소리로 말했다.

아이들의 순진한 마음은 소문이 되었고, 이 집 저 집을 날아다니며 인형의 집 사람들을 아프게 했다. 부모들은 인형의 집 앞에서 손가락질하며 마녀라고 말하는 자녀들의 입을 놀라 막고 쉬쉬하며 제 집으로 들어간다. 그걸 들은 주변 사람들은 자신들의 입을 막고 쉬쉬하며 못 본 척한다.

그렇지만 소문은 흘렀다. 이 소문들이 잘못되었음을 짚어 주지 않았다. 어쩌면 이번에도 이 소문은 한참이 지나도 따라다니겠지. 저들이 이사를 가더라도 또 따라붙을 이야기들 말이다.

주말이 되었다. 동네 사람들이 삼삼오오 공원에 모여들었다. 그들의 이야기에서 인형의 집은 빠지지 않는 단골 주제가 되었나 보다. 동네 사람들 중 한 분이 인형의 집 저주 이야기 때문에 집값이 떨어지겠다며 슬퍼했다. 속 좁은 생각들이 쏟아졌다. 나와는 상관없는 이들의 말들에 얼굴이 붉어졌다. 그들의 말을 듣지 않고자 머리를 휘젓는다.

그녀와 이야기를 나누었던 그날들이 생각났다. 그녀는 투명한 무언가를 상당히 두려워했었다. 해가 떨어지길 기다렸다. 다시 그녀의 집으로 향했다. 너무 예쁘고 아름답던 곳에서 한순간 무서운 곳으로 바뀌어 버린 그 집. 마녀의 집을 두드려 본다.

"똑똑."

사람의 인기척이 느껴진다. 곧 주위를 지나가던 사람들의 말이 내 뒤통수를 감쌌다. 저곳에 들어가면 안 된다고 나를 잡아끈다. 안에서 느껴지던 사람의 인기척은 안으로 깊이 숨어 버린다. 그녀도, 그녀의 자매들도 나오지 않았다.

21세기에 무슨 마녀란 말인가. 무서운 저주 인형이 만들어지는 곳이라고 소개하는 개인 방송하는 사람들이 나타났다. 카메라를 들고 이 집 근처를 맴도는 사람이 늘어났다. 동네가 흉흉해졌다. 그와 다르게 바로 건너편 카페는 호황이었다. 좋은 관심도 나쁜 관심도 카페는 들렀다. 이웃 주민의 안타까운 상황에 가게 손님들에게 저기 인형의 집은 그런 이상한 곳이 아니라고 말하지만 사람들은 듣지 않는다.

그렇게나 인형의 집이 예쁘다고 사진 하나라도 더 남겨야겠다던 사람들은 달라졌다. 알고 보니 무서운 인형이었다며 자신이 했던 긍정적인 표현들을 후회했다. 예쁜 말과 사랑스런 눈빛만 받고 또 받았던 인형은 사람들의 말처럼 분홍빛 뺨이 아닌 옅은 피가 묻은 얼굴처럼 보였고, 동그랗고 반짝이는 두 눈은 나를 부릅뜨고 바라보는 무슨 생각이 든 것인지 알 수 없는 공포로 다가왔다.

"저주술을 할 줄 안대."

"뭐야 그건?"

"서양에서 하는 의식 같은 거래."

"정말? 헐 무서워."

"가까이 가지 마. 귀신 옮을걸?"

"동네에 이런 데가 있어서 어떡해?"

"헐 저거 봐! 또 뭔가를 만들잖아. 무서워."

"저 사람 이상해. 무서운 거 만들면서 혼자 중얼거려!"

뭐 이런 말들까지 등장했다. 저 사람들은 방음이 잘되는 집 이길 바라 본다.

그녀는 투명한 구슬에 집착했다. 자꾸만 사라지는 인형의 얼굴에 당황했다. 사람들이 말하는 것처럼 저주 같아 보이긴 했다. 어느 날은 입술, 어느 날은 눈동자. 무엇 하나씩이 사라져 있으니 말이다. 그 투명한 구슬이 이상하다는 생각만 했었다.

시간이 한참 지나고 나서야 알게 되었다. 그녀가 담고 싶어 했던 마음은 맑고 투명한 것이었다고. 그런 마음을 담은 인형을 만드는 것이 그녀의 소원이었다고. 자신의 모습이 그렇길 바라 왔듯.

그러나 그녀가 주워 든 투명한 돌은 약간의 온기를 머금고 있었다. 플라스틱을 먹는 벌레였다. '피나방벌레'. 제 몫의 할 일을 하기 위해 무던히도 먹어 치우는 녀석.

그녀는 이미 너무 많은 사람들로부터 마음을 다쳤다.

그녀에게 투명한 봄은 과연 찾아올 수 있는 것일까? 모든 소문들로부터 벗어나 봄을 맞이할 수 있을까.

이렇게 한순간의 빛이 저문다. 빛이 저물어 간다. 그녀는 그녀가 만든 인형과 함께 녹아 내렸다. 기나긴 겨울 속에서 삶을 위하여 고군분투한다. 그녀도, '그것'도.

플라스틱을 먹어 치우는 벌레는 마저 식사를 이어 간다.

다섯 번째.

이기적인 행동

2021년 07월 08일.

식량이 떨어져 갔다. 생각보다 오래 버텼다. 자취생들의 필수품이라 불리던 별별 통조림들이 찬장 가득 쌓여 있던 덕분이다. 설이고 추석이고 명절마다 받은 선물들이 유통기한이 길었다. 외국 여행을 다녀온 친구들이 챙겨다 준 곰고기, 말고기, 사슴고기도 있다. 유통기한이 다 되었더라도 통조림은 멀쩡할 것이라는 믿음으로 아껴야 했다. 혹시 몰라 하루에 반 캔 이상 먹지 않았다.

해가 뜨면 먹을 것을 구하러 밖으로 향해야 했다. 통조림을 아끼기 위해서, 옆집 할아버지와도 나누기 위해서 밖으로 나선다. 옆집 할아버지의 식량은 이미 모두 떨어졌다. 할아버지께 죄송할 것은 없지만, 통조림이 가득 있다는 사실은 보여 드리지도 말씀드리지도 않았다. 아무리 친하더라도 이런 식량들을 가지고 있던 것을 들키면 사람의 마음에서 일어나는 나쁜 마음들은 어떻게 발현될지 몰랐다. 혹시 모를 일이었다. 그래서 할아버지의 식량을 구해다 드렸었다.

다른 사람들처럼 도둑질을 한다면 조금 더 쉽게 식량을 확보할 수 있지 않을까 하는 생각이 들었지만, 힘도 지혜도 부족한 내가 하기엔 너무나도 어려운 일이었다. 내가 할 수 있는 일이라고는 동네를 다니며 먹어도 될 만한 풀을 뜯어 오거나, 뒷동산에서 뛰놀던 새를 잡아다 굽는 것이었다.

요양원에 계신 나의 할아버지 대신, 손주라고는 없는 저 분의 마지막 가시는 길은 내가 곁에라도 있으며 손주 노릇을 해야겠다는 마음도 곁가지로 살짝 있었다.

밤은 길었다. 자꾸 여러 가지 생각만 떠올랐다. 다음 날

해야 할 일들을 머릿속으로 그려 본다. 먹을 것을 구해 옆집 할아버지와 나누어 먹고, 집에 돌아와 물을 마저 여과시켜야 한다.

일을 하러 나가지 않아도 된다는 사실은 기뻤으나, 내가 해야 할 것은 먹고 마시고 싸는 일에만 집중해야 한다는 사실은 참 서글펐다. 괜히 일어나 창문 밖 세상을 바라본다. 조명 하나 남지 않은 거리는 깊은 밤과 함께 타들어 갔다. 온통 밝은 조명으로 넘실대던 거리는 어둠뿐이었다.

'그것'들은 호기심 많은 새들의 입에서 입으로도 옮겨졌다. 가끔은 길 고양이나 길 강아지, 생쥐들의 입으로도 옮겨졌다. 그들 중 누구도 그것을 소화해 내지 못하였다. 그것들은 동물의 배 속에서조차 살아남아 전신주 어딘가에 매달리거나 다른 곳으로 이동할 기회를 엿보는 듯 매달려 있는 녀석도 있었다고 한다. 빛을 발하지 못하는 전구들이 하늘 높이 매달려 있었고 어둠은 더욱 짙어져 갔다.

조금의 플라스틱도 허락되지 않는 지금, 오늘의 해가 저물고 밤이 찾아오면 골목은 사람들의 울음소리로 가득했다. 지독한 어둠에 외로움을 느끼는 것은 매한가지인 것 같았다. 새로운 해가 떠오르고 내일이 되었을 때, 내가 그 세상에 잘 적응할 수 있을까 걱정이 되었다.

'내일이 되었을 때의 나의 모습은 세상에 남아 있을 수 있을 것인가.'

저 녀석들이 제 배를 채워 나가느라 플라스틱 없이 살지 못하는 우리의 삶이 남아나지 않았다. 이렇게 먹어 치우다가 저 녀석들의 먹이가 남아나지 않는다면 어떻게 될까. '벌레'들은 다음 먹거리를 찾아 이것저것 먹어 보며 자신들의 입에 맞는 식량을 찾아다닐지도 모른다는 공포도 다가왔다.

저것이 사람을 잡아먹는다는 소문을 접했다. 실제로 사람을 잡아먹었다는 이야기의 진위 여부는 알 수 없었다. 하지만 '벌레'로 인한 공포가 사람을 잡아먹은 것은 확실한 것 같다.

위층 할아버지가 추위와 배고픔을 이기지 못하고 돌아가셨다고 한다. 옆집 할아버지와 친하게 지내셨다는데, 옆집 할아버지는 자신이 먹을 양식을 나누어 주지는 않았다. 당장 자신이 이렇게 살아있는 것은 옆집 청년인 '나'의 덕이라고 말씀하시던 옆집 할아버지이다. 내가 구해다 드린 양식을 나누셨다면 위층 할아버지도 살아 계셨을 텐데.

그렇지만 할아버지는 단호하셨다. 내 힘으로 구할 수 있는 물이나 먹을거리면 위층 영감에게 당연히 나누었을 것이라고. 하지만, 얻어서 하루하루 견디는 입장에서 잘못 나누어 주었다가는 청년이 다칠 수도 있는 것이라고 말이다.

창문 밖 타들어 어두워진 세상을 보며 갖가지 생각들은 제각기 천둥이 되었다. 머리 속의 수많은 나의 모습은 자신은 여러 생각들 중 하나라며 서로 제 목소리를 높이기 바빴다. 휘몰아쳤다. 내가 할 수 있는 작은 방법이라도 찾아야 한다.

내가 저 모두를 구해야 한다는 영웅 심리 따위는 없었다. 옆집 할아버지만큼은 내가 살릴 수 있는 사람이기를 바랐다. 나는 살아남을 이유도 죽을 이유도 없었기 때문에 그냥 살아 보기로 했다.

옆집 할아버지를 챙기려는 이유는 별것 없었다. 요양원에 계신 우리 할아버지가 그리워서. 그리고 할머니에 대한 추억과 퍽 닮아서였다.

어릴 적 방학 때 의례 가던 시골은 참 따뜻한 곳이었다. 할머니가 커다란 풀을 애지중지 굵게 키워 잘 말려다가 빗자루를 만들어 두시고는 했다. 커다란 풀을 열심히 가꾸는 것을 보며, 예쁘고 커다란 풀이구나 했는데 여름 한 철 열심히 자라 주고 난 후, 한 해가 마무리되고 추운 겨울이 찾아올 즈음에는 바짝 말라 빗자루가 될 준비를 하고 있었다. 손잡이로 쓰일 두꺼운 부분은 플라스틱 노끈으로 동여매어졌다.

'쓸모 있는 삶이란 이런 것이 아닐까. 아낌없이 사용된 저 풀 떼기처럼.'

내가 살고 있는 건물의 1층 현관 앞 조그마한 화단에 그 커다란 풀이 자라기 시작했을 때 괜스레 눈앞이 핑 하고 코끝이 찡했다. 금방이라도 할머니께서 저 풀을 잘 말려다가 끈으로 동여매어 비질을 하자고 건네실 것만 같았으니 말이다.

이 풀때기의 주인은 다름 아닌 306호에 혼자 사는 할아버지셨다. 폐지를 주워 하루하루 지내시던 분이셨다. 일 년에 딱 한 번 피자를 사야 한다며 주문을 도와 달라고 문을 두드리셨다. 그날은 저 풀을 빗자루로 만들어 파는 날이었다. 장날에 저 빗자루 2개 만들어다가 팔면 3만 원을 써 붙여 놓아도 요즘 사람들이 보기에 신기하면 산다는 것이었다. 덕분에 나는 피자를 얻어먹곤 했다.

그 할아버지와는 오며 가며 허허 인사하는 사이였고, 가끔 이미 떠나신 지 오래이신 할머니가 자주 해 주시던 반찬이라며 오이무침을 건네주시기도 했다. 할머니가 다른 건 몰라도 본인 떠나시기 전에 반찬 하는 법은 배워야지 않겠냐며 가르치신 것이라고 하셨다. 그 이야기를 건네신 할아버지의 표정은 참 따뜻했다.

그리운 마음이 참 예쁘게 빚어지면 저런 표정이 지어지지 않을까? 혼자 거울 앞에서 옆집 할아버지의 표정을 지어 봤지만 흉내 낼 수 없었다.

세상이 변하고 투명한 벌레로 고통받기 시작할 즈음부터 내가 살아 있는지 하루에 한 번씩 확인해 주셨다. 가만 보니 귀신이 집 안의 물건을 먹어 대는 것 같다고 하셨다. 그 녀석들이 잘 먹는 것들은 죄 내다 버리라는 말씀도 잊지 않으셨다. 음식은 구했는지, 못 구했으면 자기가 가진 쌀로 밥이라도 함께 지어 먹자셨다. 그렇게 지내 왔으니 음식을 구해다 드리는 게 당연했다. 이런 이상한 세상을 겪으면서 유독 돈독해진 사이가 된 것이다.

그나마 이 건물이 부실하게 지어진 것인지 방음이란 말 자체가 무색했다. 날이 밝으면 옆집 할아버지는 내 쪽 벽에 대고 큰 소리로 외치셨다.

"어-! 거기 305호! 아직 자나!"

"할아버지, 저 일어났습니다. 살아 계십니까!"

"죽었으면 널 부르겠냐."

우리는 벽을 사이에 두고 이렇게 아침 인사로 하루를 시작하였다. 살아 있음을 원망하는 말을 입 밖으로 내진 않았다. 최소한의 사람으로서의 자존심으로.

할아버지께서 바라본 세상은 투명한 벌레의 세상이 아니었다. 플라스틱을 온통 갉아 먹는 귀신과의 동침이었다. 굿을 해야 하는지 조용히 고민을 하고 계신 할아버지께 귀신이 아니고 '벌레'라는 사실을 말씀드려야 했다. 그렇지 않으면 굿하는 데 몇 달, 아니 몇 년 모아 두신 돈을 갖다 바칠지 모른다.

며칠이 지나 옆집 할아버지는 전과 다르게 내 집 문을 두들겼다.

"305호! 나 좀 도와주시게!"

옆집 할아버지와 간간히 인사하고 바둑을 두시곤 하던 위층 어르신이 비명에 가셨다. 옆집 할아버지는 나름대로의 장례를 치러 주셨다. 이미 뒷산에는 비명횡사하신 분들을 태우는 자리가 생겨 있었다. 사람이 죽어 육신만 남다 보니 건물마다 부패한 냄새가 흘렀다. 그래서 하는 수 없이 장례 삼아 화장해 주는 그런 문화가 생겨 버렸다.

옆집 할아버지와 나는 돌아가신 위층 어르신을 이불로 잘 감싸서 화장터로 향했다. 둘 다 온몸에 땀범벅이 되었다. 할아버지는 불타는 위층 어르신을 보다가 집으로 향하셨다. 위층 어르신의 유품에서 술병을 찾아왔다며 타오르는 몸뚱이 위에 뿌리셨다. 저승 가는 길 고단하지 않게 이 술이라도 마시며 목을 축이라는 말씀도 보태셨다.

뒷동산의 화장터에 불이 꺼지지 않았다. 고기 타는 냄새가 진동했다. 어디에서 나타난 것인지 산짐승들이 모여들었다. 살아 있는 사람들은 도시에 나타난 산짐승들에 놀랐다. 산짐승들은 화장터에서 불이 사그라들길 기다렸다가 시체의 뼈에 붙은 살점을 먹어 치우기 시작했다.

남은 뼈만 잘 모아서 유리병이나 도자기에 담아 원래 있던 집에 되돌려주는 것이 지금의 화장 방식이었다. 이곳은 곡소리로 가득했다. 이럴 거면 같이 죽자는 하소연도 넘나들었다.

플라스틱이 사라진 자리는 너무나도 컸다. 비상시에 휴대폰이라도 하며 외로움을 달래던 세상은 이미 사라졌다.

사람의 온기가 너무나도 그리운 세상에 사람들은 하나둘 지쳐 갔다. 전기와 물을 사용할 수 없었다. 당황하다가 눈물을 흘렸고, 화를 냈고, 참지 못하고 죽어 버렸다.

도시의 눈물은 심각했다. 화장터에 모인 사람들은 죽은 사람이 누구인지 물었다. 가족인지, 이웃인지. 그들에게 중요한 것은 아니었다. 그저 으레 물어보는 질문 정도였다. 그래도 어르신 가시는 길이 외롭지는 않으시니 좋은 거라는 옆집 할아버지의 말씀이 이 공간에 울렸다. 그리고 할아버지의 부탁이 있으셨다. 자신이 죽고 이렇게 태워질 때, 술 한 잔만 부탁한다고.

옆집 할아버지와 나는 그날 이후에도 평소처럼 시간을 보냈다. 아침에 일어나 서로가 살아 있는지 확인하고, 먹을 것을 구해 할아버지 문 앞에 놓아 드렸다.

먹을 것을 구하러 나선 길에 사람들이 가득했다. 동네 사람들이 모여 심각한 표정으로 이야기를 나누었다. 하필 그 방향으로 나서던 길이라 하는 수 없이 고개를 숙이고 지나가려 했다. 그때, 한 아저씨가 내 손목을 잡으며 물었다. 당신도 함께하려 여기 온 것이냐고. 나는 최대한 빠르게 고개를 저으며 지나가는 길이라 답했다.

그는 아쉬워했다. 이곳에 모인 사람들은 다같이 편안하게 죽자는 의견으로 모인 사람들이라고 했다. 가족과 함께 살지 않는 사람들, 혼자 이 긴 시간을 버텨 온 사람들이 자신도 다른 사람들처럼 방에서 부패한 시신으로 남느니 함께 죽어 가는 길동무가 되기로 하였다는 것이다. 무서웠다.

"저는 괜찮습니다. 가야 할 길을 마저 걷겠습니다."

하며 최대한 빠르게 걸었다. 그들의 관심을 받을까 봐 두려웠다.

이미 옆 동네에서는 집단 자살이 유행처럼 번졌다는 이야기들도 들렸다. 사람들은 집단 자살을 위한 연설을 했다. 저마다 죽어야 하는 이유를 댔다. 서로의 탓이었다. 누구 하나만의 잘못으로 질서가 무너진 것은 아니었다. 서로가 서로를 죽이는 것에 합의하는 서명을 했다. 집단 자살의 정당화였다. 뭐 총칼만 없었을 뿐, 그들을 정신적인 죽음으로 내몰았으니 타살에 가까웠겠지만. 그들은 더 이상 삶의 의지가 없었다.

사실 이렇게 고작 의식주 욕구만을 충족시키며 살아가는 지금이 마음에 들지 않아야 한다. 기록적인 날씨 탓에 사람들은 더 많은 외로움을 느꼈다. 사람들은 그렇게 자연의 일부분이 되는 길을 선택했다.

옆 동네 사람들의 3분의 1정도 되는 사람들이 집단 자살. 자살에 성공했다는 표현을 사용하였다. 그들은 자신들이 가진 음식과 물을 한데 모아 배터지게 먹고 마신 후 서로를 가능한 빠르게 고통 없이 죽였다고 한다. 그들의 죽음에 축배를 들었다. 그들의 죽음으로 책임을 물었다는 이야기들이었다. 그 소문들이 이리저리 넘어 다녔다.

죽음에 대해 무뎌져 갔다. 책임 져야 하는 문제를 일으킨 사람들이 책임을 지기 위해 죽음을 선택지로 던져 줬다는 이 말도 안 되는 문장.

소문으로 사람을 죽이던 시절이 지나가나 싶었더니, 직접 서로를 죽이며 죽음은 행복할 것이라는 이상한 망상들이 자리 잡아 가는 것 같았다. 하기야, 지금의 현실을 받아들이기가 쉽지는 않다. 이 삶에 적응을 하기에 도시는 너무나도 삭막했다.

당장이라도 농사를 지으며 산다면 모든 것이 편안해질 것이다. 일찍 피난 간 사람들이 옳았을 것이다. 도시에 남아 있을게 아니었다. 벌레가 뿜어내는 자신들의 자손은 미세먼지처럼 땅을 뒤덮었다. 이제 먼지인지 알인지 구분하기 어려운 상황이 되었다.

결국, 아무것도 해결되는 것은 없었다.

집으로 돌아와 옆집 할아버지께 식량을 드리면서 이 이야기를 전했다. 할아버지는 덤덤하게 받아들였다. 사람은 이곳에서 살아가는 생명체 중 가장 겁이 많은 존재들이라 자신들을 지키는 방법을 연구하며 진화해 온 것이라고 하셨다. 겁이 많으니 탈출할 수 있는 방법은 죽음이지 않겠냐는 말씀이었다.

자신은 바다에 다시 가 보고 죽을 것이라는 말씀으로 휙 이야기가 돌아갔다. 바다에 가고 싶다고. 젊을 적에는 바다가 보고 싶어서 할머니와 여행도 간 적이 있다고 하신다. 이런 추억에라도 잠겨야, 이 버거운 이야기들로부터 벗어날 수 있을 것이라는 어르신의 작은 다독임이었다. 내가 전한 무거운 목숨의 이야기는 기억 속 물빛에 비춰진 어느 순간이 될 것이라 하셨다.

문득 바다가 그리워졌다. 이 무거운 마음의 짐 따위 없이, 휴가철 기차를 타면이고 잠깐 졸다 일어나면 도착하는 곳이 바닷가였다. 파도가 일렁이는 바닷가의 모습이 떠올랐다.

'그곳으로 가면 얼마나 좋을까.'

벌레와 상관없이 휴식을 즐기던 나의 모습이 떠오른다. 따사로운 햇빛 아래 플라스틱 쓰레기가 뒹굴었지만 그래도 행복하다고 느끼던 그 순간들이었다.

생각 속에서 그날의 바닷가로 향했다. 나는 빛나는 햇빛 아래 모래사장에 털썩 누웠다. 파란 하늘과 철썩이는 파도 소리에 입가는 온통 웃음으로 물들었던 그날 말이다.

벌떡 일어나 이 길의 끝이 있을까 싶어 바다의 끝을 바라

본다. 그 바다 끝으로 시선을 옮기기 위해 밀려 나가는 파도를 바라본다. 파도, 그 끝에 서 있는 상상을 하고서야 비로소 알았다. 이 아름다운 광경은 햇빛에 부서진 바다의 조각이구나. 미처 부서지지 못한 그들을 보았다.

'제 모습이 누군가에게 아름답지 않다는 것을 알까.'

깎아질 듯한 절벽 아래로 보이는 것은 햇빛에 닿고 싶은 부서지는 아름다움을 뽐내는 물방울이 아니었다. 그 모습들은 바다의 전부가 아니었다. 조금만 자세히 보더라도 썩어 가는 바다의 모습을 볼 수 있었다. 주위의 모습과 같아질 수 없는 플라스틱 병에 담긴 채 썩어 가는 물은 바다의 일부인 양 흔들리기만 했다.

페트병과 빨대 따위가 그 근처를 맴돌았다. 비닐봉지는 펼쳐져 제가 파도인 양 둥실둥실 물결 따라 움직였다. 그 아래는 자연의 모습이라고 찍히는 맑은 초록빛깔의 세상이 아닐 것이다. 하늘이 막힌 곳의 아래는 검은 모습에서 벗어나고자 발버둥치던 생명들이 있었다. 그들이 갈망하는 햇빛은 얻을 수 없었다. 물의 맑은 빛깔은 찾아볼 수 없었다. 투명한 플라스틱 아래 갇힌 세상이었다. 그들의 죽음이 만들어 낸 것이 '피나방벌레'였으리라.

이러한 상황이더라도 죽음이 더 무서운 나는, 살기 위해 물을 길렀다. 수도꼭지를 돌려 봤자 나오는 것은 없는지라 어디서 주워 온 크고 작은 용기마다 물을 채웠다. 그나마 가장 큰 머리 하나 들어갈 정도의 항아리가 있다. 저 항아리에는 그동안 담아 온 물이 한가득이었다. 저 물. 물이라면 날 쉽게 죽여 주지 않을까 하는 생각도 해 보았다. 물속에 머리를 처박고 숨을 멈춰 보았다.

'이대로 숨이 멎는다면 좋겠다. 고통 없이 아주 쉽게 죽음에 가까워진다면 좋겠다.'

휴대폰과 티브이가 없는 이곳에서, 물과 불을 마음껏 활용할 수 없는 지금에서 벗어나고 싶지만 노력할 수 없다. 사람들의 죽음에 대한 응원과 열기에 나도 동조되었다. 나의 가치는 이 정도밖에 되지 않았다. 눈가에 스치는 공기

방울을 바라보며 이대로 내 숨이 멎어 버리기를 기대한다.

이내 눈앞의 공기 방울 사이로 작은 벌레 하나를 발견하였다. 쿨럭이며 삼킨 모든 물을 뱉어 내고 나서야 죽음이 가장 어려운 도전임을 깨닫는다. 밀려오는 숨과 물을 함께 뱉어 냈다. 폐 저기 깊은 곳에서 갈망하는 공기만을 골라 삼킨다. 무엇이 먼저랄 것 없이 호흡에만 집중하다 보니 콜록대느라 정신이 없다.

잠깐 가다듬던 숨에서 죽지 못했다는 좌절감이 밀려왔다. 투명한 벌레는 아니었다. 아직 여과되지 않은 왕숙천 물이라 물속에서 살아가는 그냥 수생물 중 하나였을 것이다. 나는 죽지 못해 살아가는 어리석은 삶을 선택해야만 했다.

3장

남아야 할 것

첫 번째.

책임이 필요한 순간

2021년 08월 08일.

플라스틱 컵 위로 투명하고 동그란 것이 지나간 자리에는 아무것도 남지 않았다.

그것들은 불에도, 물에도 죽지 않았다. 벌레가 먹어 치운 도시는 회색의 콘크리트만 남았다. 전선의 피복과 컴퓨터까지 벌레가 먹어 치우자, 합선과 누수로 인한 화재로 복구에 어려움을 겪고 있었다. 구급차가 달려와 물대포로 불을 끌 수도 없었다. 구급차도 마찬가지인 상황이었으니.

더 이상 휴대폰도 되지 않는다. 직장도 삶도 플라스틱을 먹어 치우는 벌레로 인해 모두 빼앗겼다. 가로등이 빛을 잃은 도시에는 어둠이 내려앉았다. 공생의 방법을 고민하는 사람도, 인간의 편리한 삶을 되찾아오기 위해 벌레를 죽여 보려 노력하는 사람도 있었다.

누군가의 책임이 필요했다. 사람들은 손가락질하고 수군거릴 수 있는 무언가를 원했다. 불안한 그 마음을 진정시키고 탓을 할 수 있는 대상을 필요로 했다. 누군가는 책임지고 나서서 이 사태의 돌팔매질을 당할 허수아비가 되었으면 했다. 아무것도 하지 않고서 영웅을 기다렸다. 우리를 구원해 줄 구원자가 아닌, 비난의 대상을 기다렸다.

이 얼마나 인간다운 모습인가. 누구 하나 뉘우치고 울지 않았다. 망가진 자신의 삶 앞에 앞으로 힘들게 살아갈 자신을 위해 울었다. 자신들이 추구하는 편리함에 망가져 버린 자연을 앞에 두고 하는 하찮고도 이기적인 모습이었다.

이 벌레들을 모두 해치우고 자신들의 편안한 삶으로 돌아가길 갈망했다. 벌레들의 수가 얼마나 되는지 알 수 없었다. 대체 저것들이 어떻게 해야 죽어 버리는지 알 수가 없었다. 그 방법만을 찾아 나섰다. 공생이란 있을 수 없었다.

저 벌레들이 왜 태어났는지 이젠 더 이상 궁금하지 않았다. 날카로운 것으로 자르면 해삼처럼 각자가 살아남았다. 밟으면 말랑하게 눌리고 던지면 딱딱했다. 플라스틱을 뭉쳐다 놓은 것만 같다. 자르고 자르면 미세 플라스틱이 되어 둥둥 떠다니는 모양새 같았다. 저 벌레가 나타나지 않는 곳을 찾아야 했다.

그래. 그것이었다. 자연은 플라스틱을 먹는 벌레를 만들어 인간의 편리함을 위해 망가진 곳들을 되살리려 했다. 자연의 입장에서 이미 디스토피아가 된 곳은 인간에겐 유토피아였다. 그 공간이 너무나도 살기 좋은 인간들이었다.

푸른 새싹이 자라나는 흙 위로 뜨거운 콘크리트를 덮었다. 덮여도 괜찮다. 인간은 뜨거운 태양으로부터 쉴 공간을 얻었고, 무더운 공기로부터 시원하게 지내는 방법을 터득해 갔다. 땅 아래에서 숨 쉬는 작은 곤충이나 동물 따위에게는 시간이 지나고 식은 콘크리트가 너무나도 차가웠을 것이다. 차갑게 식은 두껍고 단단한 콘크리트를 연약한 풀들은 뚫지 못했다.

따뜻한 햇살은 어제의 일이 되었다. 그들은 차츰 생명

을 잃었다. 망가져 갔다. 불행 중 다행이었던 개발이 덜 된 도시 외곽은 콘크리트만 없다뿐이지, 얇은 막이 빛을 막았다. 자연에게는 도통 아름답지 않은 것들이 머리 위를 덮었다.

호숫가에는 플라스틱 컵, 배달용기들이 가득했다. 바닷가에는 불꽃놀이를 하고 남은 흔적들과 비눗방울을 담았던 플라스틱 통들, 갖은 비닐들이 있었다. 자연은 빛도 물도 공기도 맘껏 즐길 수 없었다. 숨 쉬기가 점점 나빠졌다. 그들에게 우리의 발전은 디스토피아의 시작이었다.

자연은 우리에게 투명한 벌레를 흩뿌려 주었다. 동시다발적으로 전 세계에. 자연과의 공생을 중요하게 생각하지 않은 이기적인 인간의 삶은 플라스틱을 대체할 것을 찾지 못하고 송두리째 무너진다. 우리는 이것을 자연이 인간들에게 준 디스토피아로 여겼다. 큰 재앙이라 여겼다.

아니었던 거다. 그게 전부 틀렸던 것이다. 우리는 공생을 하는 방법을 찾았어야 했다. 아니, 여태껏 공생하는 방법을 알고 잘 살아오신 선조들과 너무나도 다른 길을 간 것이다.

내 앞에 새가 한 마리 떨어졌다. 사레 걸린 사람이 켈륵대는 것만 같이 바람 소리를 냈다. 저렇게 날아다니는 새인가 보다 하다가 눈이 마주쳤다. 구해 달라는 눈빛일지 모른다.

그래, 해 보자. 하임리히법이 새에게 통할지는 모르겠지만. 새의 위로 추정되는 부분의 아래쪽을 눌러 뱉어 낼 수 있도록 유도해 보기로 한다. 지금 시국에서 이미 병원을 찾을 수가 없기 때문에 이게 최선이다.

뭔가 잘못 눌렀다. 이 작은 부리 사이로 피가 보였다. 이를 어쩌지. 하임리히법은 분명 소중한 생명을 살리는 방법이라고 배웠는데 새한테 쓸 것은 아니었는가 보다. 다른 것을 찾아야 한다. 주사기 끝에 튜브를 달아 새의 주둥이 안쪽 깊숙하게 밀어 넣어 생리식염수를 쏟아 넣으면 새가 토악질을 할 수 있을 것이라는 생각이 들었다.

주사기도 튜브도 없다. 길가에 속이 좀 비어 있을 것 같은 풀을 뜯었다. 얇은 빨대 삼아 입에 물을 머금고 빨대 끝을 새의 부리 안쪽으로 밀어 넣었다. 천천히 천천히 하다 조금 강하게 물을 새의 배 속으로 넣었다. 곧이어 새는 토악질을 성공했다.

"젠장."

죄다 비닐 조각이다. 비닐이 녹지도 못하고 구겨져 있었다. 플라스틱 조각도 일부 보였다. '벌레'가 먹느라 조각나 버린 것인지 사람이 조각낸 것인지 모르겠지만 새는 움직이는 벌레 정도로 여기고 삼킨 것이 분명했다. 그런데 내가 배를 눌러 댔으니 상처가 날 수밖에.

미안하다. 너무 미안하다. 의도하지 않게 상처를 냈다. 구해주겠답시고 스트레스를 잔뜩 안겨주었다. 이 새가 먹은 것이 오래전의 나 또는 내 주위의 누군가가 버린 쓰레기였다. 작은 숨소리이지만 분명 귓가에 닿았다. 새는 살아 있다. 미안하다 말하고 풀어 주었다.

내 책임이 없으면 좋겠다. 저 새는 내 행동으로 인해 스트레스를 받아 죽을지도 모른다. 아니, 그것보다 이렇게 살더라도 다시 쓰레기를 먹고 똑같이 죽어 갈지 모른다. 그렇다면 이 또한 내가 한 행동을 정당화할 것이다. 나는 그 녀석들을 살리려 한 것뿐이다. 물론 내가 이 쓰레기, 저 쓰레기 만들어 낸 쓰레기가 한둘은 아니지만 말이다.

세상 모든 시선이 고작 이것밖에 안 된 나를 향할 리 없다. 아, 아무런 생각이라도 좋으니 떠올려야 한다. 자꾸만 슬프고 외로운 생각들이 떠오른다. 나의 초조한 마음은 나를 오도 가도 못하게 하였다.

길거리에도 집에도 벌레들이 지나간 흔적조차 남지 않을 만큼 플라스틱이 사라졌다. 전선 피복을 갉아 먹어 죄다 합선이 일어나면서 전기도 수도도 멀쩡한 것이 없었다.

그런 와중에 벌레가 없는 곳. 그리고 주위를 둘러볼 수 있는 여유도 생겼다. 이 삶에 익숙해져 갔다. 다시 겨울이 오기 전에 무슨 대책이라도 있어야 할 것이다. '벌레'를 죽일 방법을 찾아야 한다.

대부분의 방법들은 이미 테스트가 완료되었다. 새가 먹어도 살아남았고 강아지나 고양이가 먹어도 살아남았다. 불에 태워도 타지 않았고 물에 빠뜨려도 죽지 않았다.

그래. 딱 하나 안 해 본 게 있다.

내가 먹어 보는 것.

먹다 죽으면 어쩔 수 없지 하며 투명한 벌레를 하나 집어 들고 삼켜 버렸다. 내 몸뚱어리는 호르몬보다도 생각의 지배를 더 강하게 받기 때문에 너무나도 역겨웠다. 살아 있는 벌레를 씹지도 않고 삼켜 버리다니.

갑자기 솟아난 나의 용기조차도 싫었다. 급하게 손가락을 혀뿌리에 집어넣어 강제로 토했다. 구토조차도 쉽지 않다. 주변에 널브러진 막대기를 목구멍 안쪽으로 깊이 찔러넣고 휘저었다. 벌레도 토하고 아침에 먹은 멀건 죽도 토했다. 이게 뭐 하는 짓인가 싶다.

토하는 데 쏟은 체력이 많았는지, 기절 직전이다. 숨을 고르고 내가 토한 것을 치워야 했다. 너무 더럽다. 물이 대부분이라 혓바닥 근처에 신 위액이 여기저기 느껴졌다. 어서 집으로 돌아가 입을 헹구고 싶었다. 벽에 붙어 있던 전단지 하나를 뜯어 길가의 먼지들로 뒤덮어 버렸다.

그 속에서 내가 삼켰던 벌레는 꿈쩍하지 않았다. 뭘까.

다른 동물들이 삼켜서 변으로 나와도 꿋꿋하게 움직여 제 갈 길을 가던 벌레였다.

그랬던 벌레는.

움직이지 않았다.

누군가의 책임이 필요하다. 누군가는 책임지고 나서서 이 사태의 돌팔매질을 당할 허수아비가 되었으면 했다. 사람들은 영웅을 기다렸다. 이 벌레들을 모두 해치우고 자신들의 편안한 삶으로 돌아가길 갈망했다. '벌레'들의 수가 얼마나 되는지 알 수 없었다.

'그것'들은 사람이 삼키면 죽었다. 누군가 이 벌레들을 삼켜야 한다. 살아 있는 상태로.

두 번째.

신문

2022년 02월 08일.

평범했던 일상으로 다시 돌아갈 수 있을까.

처음엔 신기하고 궁금하기만 하던 벌레는 삶을 송두리째 지옥으로 이끌었다. 맘을 편히 가지고 석기시대, 아니지 그렇게까지 멀리 가지 않더라도 딱 개화가 되기 이전의 조선으로 돌아간다면 이 정도 벌레쯤이야 아무 일도 없었을 거다. 오히려 타국의 금은보화보다도 신기한 벌레의 등장에 값이 뛸지도 모른다.

가방을 뒤져서 그저 이렇게 연필이나 펜 따위를 닥치는 대로 주워다가 그 동그란 벌레를 기록으로 남겨 볼까 하고 원을 그렸다. 그림을 썩 잘 그리는 편이 아니었던 내 손이 원망스러워진다. 일기라도 써야 하나. 괜히 종이 하나를 더 꺼내서 "오늘의 일기"라고 적었다. 일기장에 기록하듯 내가 주워 모은 물건이나 들은 이야기를 남겨 적다 보면 시간이 흐르지 않을까.

시간이 흘러서 나와는 비교도 되지 않을 만큼 똑똑한 누군가가 나타나는 거다. 정치인이든, 환경운동가이든, 협회 회장이든 누구든지 상관없었다. '저 벌레를 전멸시킬 수 있는 해충제를 개발하였습니다!' 하고 외쳐 주면 좋겠다. 어릴 적 동네에 돌던 가스 차처럼 해충제를 마구 뿌려 대며 우린 이제 자유로울 수 있다고 외치고 싶다.

가스 차 뒤를 졸졸 따라 뛰던 어린 시절의 모습과 몸 사이즈만 바뀌었지 똑같은 행동을 할 수 있다. 깃발도 들어야겠다. 깃발에다 "피나방벌레 박멸"이라고 커다랗게 글씨를 쓰고 해골 그림도 그려서 들고 뛰어다닐 것이다.

'벌레'가 왜 여기 나타났고, 자연에게 미안하다는 생각이 조금씩 사라지고 있었다. 내 평범하고 하찮은 인생이 좋았다. 이렇게 될 바에야 자연에게 해코지나 실컷 했다면 덜

억울할 것이다. 남들보다 카페도 덜 갔다. 포장음식이나 배달음식도 자주 먹지 않았다. 포장이나 배달로 용기가 생기면 모두 설거지해서 내다 놓곤 했다.

'내가 뭘 그렇게 잘못했길래….'

괜히 원망스러웠다. 하필 내가 살고 있는 이 시기에 이럴 게 뭐람. 역사 책에서나 볼 수 있는 상황이라면 좀 좋았을까.

이렇게 말도 안 되는 억지 생각을 이어 가다가 잘못되었음을 깨닫는다. 생각만 했을 뿐인데 얼굴이 달아오른다. 부끄럽다. 이런 생각을 한 내 자신이. 내 복잡스런 머리가 정리될 수 있도록 다른 생각을 해 보기로 한다.

동네 사람들로부터 건네받았던 신문의 발행 날짜에 동그라미 치거나 별표를 치는 것 같은 아주 단순한 행동을 하기로 한다. 벌레가 혹시라도 종이를 먹는 날이 올까 봐 '벌레'가 먹을 만한 플라스틱이 없는 곳에 보관해 두었던 것을 꺼낸다.

그 기자님. 그분께 이것들을 모두 드려야겠다. 외롭고 힘들어서 나도 포기해야 하나 하던 차에 내가 살아 있음을 깨닫게 해 주신 분. 고작 나라는 사람이 이 시기를 버텨 낸 이유일 것이라 생각하기로 한다.

나도 무언가를 할 수 있는 사람이란 걸 남겨 보자. 내 이 이야기들과 함께 이 신문 기사들을 전한다면, 고작 나라는 존재가, 죽을 용기조차 없는 내가, 살아왔던 이유인 것으로 생각하자.

[아라뉴스] 기사 발행 2021-05-15 김아리랑 기자

국내 A대학병원 연구팀 "피나방벌레"의 성장 속도 알아내

환경부는 피나방벌레 조사에 대해 "피나방벌레에 대한 조사 결과로 성장 속도를 알아낼 수 있도록 각 분야별 전문기관에 의뢰할 것"으로 입장을 밝혔다.

환경부의 늦장 대응에 대한 논란으로 대한 국민들의 원성이 이는

가운데, 학계와 민간 전문가들 모두 처음 보는 생명체이므로 적절하고 정확한 대응을 위해 조사 중임을 추가로 밝혔다. 가장 중요시되는 것은 이 벌레의 천적을 밝혀내는 일이므로 정확한 정보 제공을 위해 인력을 아끼지 않겠다는 입장도 추가되었다.

환경부에서 제시한 입장과 다르게 국민들의 원성이 거세지면서 벌레에 대한 정보 일부를 국내 대학병원 연구팀이 금일 1차로 공개하였다.

분류

- 계 : 동물계
- 문 : 절지동물문
- 강 : 곤충강

* 곤충강으로 속하나, 성체가 나방과 유사할 것이라는 추측으로 분류된 것이므로 성체가 확인되면 분류가 정정될 수 있음.

- 알 : 지름 약 1 ㎜. 회색의 울퉁불퉁한 형태를 띰. 불투명하여 빛을 비추어도 내부를 확인할 수 없음. 알 껍데기를 모두 먹으면서 부화함.

- 부화 직후 유충 : 지름 2~3 ㎜ 정도의 쌀 벌레 같은 모습. 눈쪽이 약한 붉은빛을 띰. 몸체는 회색빛.
- 부화 5일 후 : 지름 약 10 ㎜ 정도이며 1일 동안 먹을 수 있는 플라스틱의 양은 플라스틱 컵 1개.
- 부화 약 3주 후 : 성체로 추정. 기본 지름은 더 성장하지 않으나, 먹이를 먹으면서 몸집이 늘어났다가 소화하면서 다시 원래 사이즈로 줄어든다. 현재까지 발견된 최대 지름은 40 ㎜. 6시간 동안 먹을 수 있는 플라스틱의 양은 플라스틱 컵 5개.

* 일회용 플라스틱 컵을 기준으로 작성되었나, 플라스틱으로 이루어진 모든 것이 벌레의 먹이로 추정됨.

[가진뉴스] 기사 발행 2021-05-15 이재먹 기자

'플라스틱을 먹는 벌레' 전 세계 동시다발적 출현

플라스틱을 먹는 벌레에 대한 국내의 관심이 높아지면서 해외에서의 발현 여부가 대두되었다. 국제 환경 보호 연맹의 보고서에

따르면 세계 각지에서 동시다발적으로 플라스틱을 주식으로 하는 벌레가 출현하였음이 확인되었다.
이 문제는 비단 국내에서만의 문제가 아니며 도시에 큰 타격을 줄 수 있을 것이라 예측되었다. 벌레를 퇴치하기 위한 해충제 개발에 성공한 국가는 아직 없으며, 국가 차원에서 해충제 개발에 앞다투어 투자 중이라고 전해졌다.
국내에서는 '피나방벌레'라고 명명되었으며 플라스틱으로 이루어진 모든 것을 주식으로 삼기 때문에 플라스틱으로 만들어진 모든 생필품에 대한 대체품이 주목받고 있다.

[연정뉴스] 기사 발행 2021-05-16 박전화 기자

'피나방벌레' 출생의 비밀 밝혀지나

무지막지한 속도로 성장하고 있는 '피나방벌레'에 대중의 무한한 관심이 이어지고 있다. '피나방벌레'가 모 기업에서 연구 중 유실된 벌레들이 대량으로 증식한 것이라는 설이 번지는 가운데, 환

경부에서 이에 해당하는 내용을 발표했다.

벌레가 모 기업에서 유실된 벌레라면 한 군데에서만 집중적으로 발현되어야 한다. 하지만, 현재 전 세계적으로 발현 중이기 때문에 이 주장에 대한 신빙성이 없다. 해저 벌레로 살다가 바다 밖으로 기어 나와 도심에 퍼졌다는 설이 가장 유력한 발현 경로로 추정되며 밝혀진 바가 없어 연구 중에 있다고 밝혔다.

피나방벌레는 몸길이 최대 지름은 40㎜. 6시간 동안 먹을 수 있는 플라스틱의 양은 플라스틱 컵 5개로 알려져 있다.

[충청속보] 기사 발행 2021-06-10 김지하 기자

전국 초·중·고교 무한 휴교 선포되나

정부는 '피나방벌레'로 인한 전국적인 학교 기자재의 소실로 긴급 대안을 마련하고자 휴교령을 선포하였다. 6월 10일부터 20일까지로 선포하였으며 상세 대안 마련에 총력을 기울이겠다 밝혔다.

본 속보는 인터넷 오류로 인해 확인되지 않는 학생 및 학부모가

대거 발생할 수 있으므로 정부에서 발행한 공문을 전국의 학교에서 직접 학생들에게 전달할 것을 당부했다. 정부는 현재까지 '피나방벌레'의 주식은 플라스틱 및 플라스틱 합성물로 전선 피복까지도 식량으로 삼고 있어 화재에 큰 주의를 당부한다.

[강원도의뉴스] 기사 발행 2022-01-03 최강찬 기자

강원도 강릉시 A병원 환자 1명 생명 위험 고비 없어

강원도 강릉시의 한 요양원 치매노인교실에서 A병원으로 피나방벌레를 삼킨 환자 1명이 호송되었다. 강릉시 A병원 응급의료센터장은 "사망할 가능성은 없어 보인다. 위세척이 완료된 상태이며, 피나방벌레로 인한 합병증 혹은 후유증이 있을지는 현재 확인된 것이 없다."라고 말했다. 또한 "피나방벌레를 사람이 삼킨 사례는 국내외에서 확인된 바 없기 때문에, 전체적인 검진으로 환자의 회복에 최선을 다할 것."으로 입장을 밝혔다.

[강원도민신문] 기사 발행 2022-01-06 이안선 기자

강릉시 A병원 응급의료센터, 피나방벌레의 죽음

지난 3일 강릉시 A병원에서 '피나방벌레'를 삼킨 환자는 골든타임을 확보하여 환자의 상태가 호전되었다고 밝혔다.
응급의료센터장은, 피나방벌레를 삼켜 응급 세척을 한 경우가 처음이므로 환자의 상태를 지속적으로 관리할 것이라고 하였다.
응급의료센터장은 죽지 않는 것으로 알려진 '피나방벌레'가 위세척 결과 죽어 있는 것으로 확인되었으므로 위액 추출 및 연구를 위해 환경부와 협조하여 데이터를 확보하는 데 전력을 다하겠다고 밝혔다.

[경기신문일보] 기사 발행 2022-01-06 이서안 기자

정부, 잘못된 정보 유포에 대해 우려 표해

전 세계에 최악의 미세먼지가 덮쳤다. '피나방벌레'에 의한 미세먼지로 추정되며 환경부 검토 중에 있다. 우리 정부의 질병관리본부는 초미세먼지 원인 분석 및 인체에 미치는 영향에 대하여 분석 중에 있다. 국민의 신체 건강뿐만 아니라 정신건강에도 영향을 끼치며, 미세먼지로 인한 잿빛 하늘로부터 나타난 우울증만이 문제가 아니다.

상처 입은 마음 사이로 혹세무민하는 사이비 학자들, 엉터리 환경론자로 인하여 명확한 근거 없는 소문이 걷잡을 수없이 퍼져나가고 있다. 잘못된 정보가 유포되는 것에 우려를 표하며 향후 올바른 정보를 전달할 수 있도록 최선을 다하겠다고 밝혔다.

피나방벌레로 인한 미세먼지의 원인 및 해결 방법은 다소 시일이 걸리더라도 질병관리본부의 기자회견 및 공지를 확인하기를 바란다. 특히, 혼란스러운 자연재해를 틈타 시대의 종말을 울부짖으며 불안을 야기하고 식량, 금전을 갈취하는 위선의 사이비 종교집단을 경계하기 바란다.

[경상도일보] 기사 발행 2022-01-16 박건후 기자

집단 자살 종용 주도자 신원 파악 못해

전례가 없던 집단 자살 사건으로 사회의 충격이 컸다. 플라스틱을 먹는 벌레로 인해 삶의 터전을 잃은 사람들이 플라스틱 유포 주도자로 몰리며 자살하는 사건이 발생했다. '사망원인통계'에 따른 이 집단 자살 사건의 규모는 현재까지 도내 3,825명으로 추산되고 있으며 서울 8,502명, 전라도 4,281명으로 통계되고 있으며 일부 인원의 신원 조회에 어려움이 있는 상황이다. 사망자는 연령별로 0-10대 8 %, 20-40대 15.5 %, 30-50대 35 %, 60대 이상 41.5 %로 집계되었다. 0-10대 사망자의 자살 비율을 자살로 볼 수 없다는 문제가 제기되고 있다.

[전라도신보] 기사 발행 2022-02-07 최날기자

연구소 타살 의혹 제기

플라스틱 제로 운동을 진행하는 협회와 리사이클 업체의 직원들이 잇따라 숨진 채 발견되었다. 주민들은 그들은 자살을 할 사람이 아니었고 자연친화적인 활동을 위하여 노력하며 살아가는 사람들이라고 증언했다. 플라스틱을 먹는 벌레의 근원지를 찾는 일부 시민단체에 의해 타살된 것은 아니냐는 의혹이 제기되고 있다.

세 번째.

식목일, 투명한 봄을 기다리며

2022년 04월 05일.

우리의 봄은 다시 찾아왔다. 나뭇가지 끝마다 볼록해진 몽우리는 금방이라도 움틀 듯 기다림과 바람의 중간 지점을 아슬아슬하게 유지하고 있다. 때마침 겨울이 끝난 것이 오히려 잘된 일이다.

이 겨울을 버텨 낸 내가 대견하다. 다음 겨울을 이번처럼 지낼 수 있을지는 장담할 수 없다. 쓸쓸하고 차가운 세상을 견뎌 낼 자신이 없다. 그렇지만 자신이 없다고 해서 무언가를 할 수 있는 것도 아니니 난 또 살아 낼 것이다. 고작 '나'라는 존재가 더없이 작아 어디 꺼내다 두기 창피한 것도 여전하다.

옆집 할아버지도 이 겨울을 잘 버텨 내셨다. 때마침 오늘은 식목일이다. 자신도 곧 윗집 영감처럼 저렇게 싸늘히 죽을지 모르겠다는 말씀만 반복하며 나와 시간을 보냈다. 처음에야 코끝이 찡하고 슬펐지만, 지금은 함께 우스갯소리로 넘길 수 있을 만큼 시간이 흘렀다.

옆집 할아버지와 나는 동네 폐가마다 나무를 심기로 했다. 폐가 바닥의 콘크리트를 부쉈다. 뒷산 화장터 근처에 새로 돋은 나무 새싹들을 데려와 심는 것이다.

세상은 다시 심어 나갈 것이다. 새로운 생명들이 플라스틱을 모두 치워 주고 흙에도 빛이 드는 날이 올 것이다. 누군가는 책임을 져야 한다. 자연에게 잘못한 행동을 반성하고 이렇게 나무나 풀 한 포기라도 더 잘 자라도록 심어 주는 것이다. 이것이 할아버지와 내가 생각한 책임이다. 우리가 할 수 있는 일.

나는 새로운 환경에 다시 적응해 나갈 것이다. 폐가의 콘크리트 조각 사이에 뿌리를 내리고 조금씩 자라 나갈 저 나무들처럼 잘 적응할 것이다. 오늘도, 내일도 고작 '나'라는 사람이 살아 있다고 해서 사람이 얻는 이득도 자연이 얻는 이득도 없을 것이다. 그저 하루를 살아가기에 생각보다 필요한 것이 많아서 머물지 못하는 것이다. 자연에게 미안한 마음을, 여기 이 작은 나무 새싹들에게 전하기로 한다.

이 나무들이 풍성하게 자라서 넓은 그늘을 사람들에게 선물하는 날, 나는 붐비는 지하철을 겨우 비집고 들어가 손잡이를 잡고 서 유리창에 비친 나의 모습을 바라볼 것이다. 유리창 너머에 빠르게 스쳐 가는 풍경과 나의 모습이 참 어울리지 않다고 생각하면서 목적지에 도착할 것이다.

지하철역 거울 앞에서 잠시 멈춰 옷매무새를 가다듬는다. 미간 사이 깊이 파인 주름에 필러를 넣어야 하나 보톡스를 해 보아야 하나 하는 고민을 할 것이다. 휴대폰을 꺼내 괜히 셀카도 한 번 찍어 보고 마저 가던 길을 향할 것이다. 출근길, 나는 따뜻한 내 온기가 아직 사라지지 않았을 이불 더미 위에 다시 쓰러지는 상상을 할 것이다.

외로움이 밀려왔다. 그래, 나의 외로움과 불안은 작은 파도가 되어 '준비'하고 외친 듯 일렁였다. 손에 쥘 수조차 없는 그저 상상의 빛. 세상에서 가장 아름다운 빛 한 줄기였다. 나에게 필요한 것을 충족시킬 수 없었다. 사실 내게 필요한 것이 무엇인지 알 수 없었다.

어릴 적 내가 학교에서 배운 양보와 배려에 대한 이해와 뭐 그런 것이 있는 세상은 과연 자연스러운가? 실제로 양보와 배려를 몸에 가득 물들인 상태로 세상을 대한다면 상대가 그것을 양보와 배려로 여기는지 알 수 없는 것이 자연스러운 것이 아니던가. 내가 살아온 세상은 내가 배운 세상과 지독히도 자연스럽지 않았다. 그저 이상적인 모습이었다.

심장이 철렁 내려앉는다. 나도 모르는 사이 누군가에게 그런 이상적인 세상을 강요했을 것이다. 사람일 수도, 환경일 수도 있는 그 누군가에게 말이다. 잠깐의 편리함을 위해 억지로 만들어 낸 것들은 본래의 목숨의 길이를 팔아 얻어낸 것이 아니었을까. 내가 편리해야 하니, 그 목숨을 내어놓으라 강요한 것은 아니었을까.

목이 켁 막혔다. 막힌 목을 시원하게 뚫을 수 있는 것이 없었다. 누렇게 낀 가래를 퉤하니 뱉어 내고 싶다. 자존감도 자신감도 바닥인 채 그저 살아만 있는 '나'였다. 그런 '나'의 모습도 괜찮게 바뀔 수 있을까.

다시 살아 본다.
다시 살아 본다.

다시 살아간다.
빛이 자라날 투명한 봄을 위하여.